Encuentros hoy 1

Grammatikheft

Cornelsen

Encuentros hoy 1
Grammatikheft

Im Auftrag des Verlages erarbeitet von:
Wolfgang Steveker

Redaktion:
Yvonne Miller

Projektleitung:
Heike Malinowski

Illustrationen: Laurent Lalo
Umschlaggestaltung: werkstatt für gebrauchsgrafik, Berlin
Layout und technische Umsetzung: graphitecture book & edition

Umschlagfoto: Shutterstock / Catarina Belova

www.cornelsen.de

2. Auflage, 3. Druck 2024

Alle Drucke dieser Auflage sind inhaltlich unverändert und können im Unterricht nebeneinander verwendet werden.

Druck: Athesiadruck GmbH

ISBN 978-3-06-121877-5

PEFC-zertifiziert
Dieses Produkt stammt aus nachhaltig bewirtschafteten Wäldern und kontrollierten Quellen
www.pefc.de
PEFC/18-31-166

Vorwort

¡Hola!

Hier findest du den gesamten Grammatikstoff von *Encuentros hoy 1*.

Wenn du wissen willst, wo du ein Thema findest, schlägst du im Inhaltsverzeichnis nach.

Inhaltsverzeichnis

In jedem Abschnitt findest du auf der linken Seite spanische Beispielsätze bzw. Tabellen, in denen der neue Grammatikstoff fett gedruckt ist.

17 Ser + Adjektiv | Ser + adjetivo

Victoria **es** inteligente.
*Victoria **ist** intelligent.*
Los libros de Isabel Allende **son** muy buenos.
*Die Bücher von Isabel Allende **sind** sehr gut.*

Wenn du beschreiben willst, wie eine Person oder Sache ist, verwendest du das Verb **ser** (▶ Nr. 4) mit dem jeweiligen Adjektiv.
! Nicht jedes Adjektiv kann mit **ser** kombiniert werden. Mehr dazu erfährst du unter ▶ Nr. 46.

18 Das Fragewort ¿cuándo? | El pronombre interrogativo ¿cuándo?

¿Cuándo quedamos?
***Wann** verabreden/treffen wir uns?*

¿Cuándo? („wann?") trägt, wie alle Fragewörter, einen Akzent auf der betonten Silbe.

2B Mi habitación, mi mundo

19 Das Verb estar | El verbo estar

			estar *sein, sich befinden*	
Singular	1.	Ahora	**estoy**	en casa.
	2.	¿Dónde	estás	?
	3.	Madrid	está	en España.
Plural	1.	No	estamos	en casa.
	2.	¿Dónde	estáis	ahora?
	3.	¿Quiénes	están	contigo?

Das Verb **estar** entspricht im Deutschen „sein" bzw. „sich befinden". Es hat eine unregelmäßige Form in der 1. Person Singular. Außerdem ist die Betonung unregelmäßig.
! Alle Formen von **estar** werden auf der zweiten Silbe betont und die Formen **estás**, **está**, **estáis** und **están** tragen einen Akzent.

In Konjugationstabellen sind die betonten Vokale unterstrichen und Besonderheiten fett gedruckt.

		hacer *machen*
Singular	1.	hago
	2.	haces
	3.	hace
Plural	1.	hacemos
	2.	hacéis
	3.	hacen

In den grünen Kästen findest du die Bedeutung von grammatischen Begriffen.

Das direkte Objekt entspricht fast immer dem deutschen Akkusativobjekt, d. h. du fragst danach mit „Wen oder was?".

In den gelben Kästen findest du wichtige Hinweise.

¡!

Vor **gustar** muss immer ein indirektes Objektpronomen (**me**, **te**, **le**, ... etc.) stehen. Es kann nie entfallen.

In den blauen Kästen findest du Lerntipps, Merkhilfen oder Vergleiche mit anderen Sprachen (Englisch, Französisch, Latein).

Das ist wie im Französischen:
FRA J'aime **le** volley.
SPA Me gusta **el** voleibol.

Am Ende vieler Lektionen findest du bei **Aprender mejor la gramática** Tipps zum Grammartiklernen.

APRENDER MEJOR LA GRAMÁTICA	
Grammatikregeln und Verbformen lernen	
A Schreibe neue Vokabeln auf, z. B. in ein Vokabelheft oder auf Karteikarten. Markiere alle Besonderheiten, um sie dir besser einzuprägen.	→ Wende diese Lernstrategie für die Vokabeln **la foto**, **los blogs** und für die Fragewörter an. ▶ Nr. 3, 8
B Gehe beim Lernen hin und her und sprich die Regel oder die Verbformen mehrmals laut vor dich hin.	→ Probiere diese Lernstrategie mit **ser**, **hablar**, **comer** und **vivir** aus. ▶ Nr. 4, 7, 9
C Lies dir aufmerksam ein Grammatikkapitel durch. Suche aus dem Lektionstext dann die neue grammatische Strukur heraus und wiederhole im Kopf die passende Regel.	→ Suche aus dem Lektionstext im Schülerbuch (S. 10–11) alle Sätze mit Subjektpronomen heraus und erkläre für jeden Satz, warum sie verwendet werden. ▶ Nr. 1

Im Anschluss an jede Lektion gibt es eine **Evaluación**-Seite. Hier kannst du überprüfen, ob du die Grammatik der Lektion verstanden hast. Du kannst die Aufgaben auch auf www.cornelsen.de/codes unter dem Webcode **zepiwa** herunterladen und entweder direkt am Computer bearbeiten oder ausdrucken. Die Lösungen dazu findest du unter dem gleichen Webcode.

Evaluación Unidad 4

Hier kannst du überprüfen, was du in der Unidad 4 gelernt hast. Diese Aufgaben kannst du mithilfe des Webcodes zepiwa unter www.cornelsen.de/webcodes herunterladen und ausfüllen.

1 Forma frases con el verbo gustar.

1. ¿a ti / jugar al fútbol?
2. ¿a vosotros / el teatro?
3. a ellos / mucho / la fiesta
4. ¿a ella / los deportes?
5. a nosotros / nada / la película
6. a mí / las películas divertidas
7. a él / bastante / tocar el piano
8. a ellas / no / ir al cine

2 ¿Qué van a hacer las personas el sábado? Formula frases y preguntas con ir a + infinitivo.

1 
Yo / con mi familia

2 
¿Tú?

3 
Mi hermana

4 
Nosotros

5 
¿Vosotros?

6 
Victoria y Mario

Auf den Seiten 55–64 findest du mehrere Übersichten, z. B. zu Ausspracheregeln und Orthographie, Verbkonjugation, grammatischen Begrifflichkeiten, sowie einen Index.

Index

Hier findest du alle Themen aus diesem Grammatikheft in alphabetischer Reihenfolge mit Seitenzahl.

Viel Spaß beim Spanischlernen und viel Erfolg!

Inhaltsverzeichnis

Unidad 3 Mi instituto

Módulo 3 ¿Qué te gusta hacer?

Unidad 4 ¡Feliz cumpleaños!

Módulo 4 La ropa

Unidad 5 ¡Ven a Madrid!

Unidad 6 ¡Viva México!

Módulo 6 Latinoamérica

Anexo

1 ¡Adiós, verano! ¡Hola, amigos!

¡Acércate!

1 Die Subjektpronomen | Los pronombres personales sujeto

		maskulin	feminin	
Singular	1.	yo	yo	
	2.	tú	tú	
	3.	él	ella	usted
Plural	1.	nosotros	nosotras	
	2.	vosotros	vosotras	
	3.	ellos	ellas	ustedes

Subjektpronomen sind z. B. „ich“, „du“, „wir“ etc. Anders als im Deutschen haben die spanischen Subjektpronomen (außer **yo** und **tú**) eine maskuline (= männliche) und eine feminine (= weibliche) Form.

¡! Denke beim Schreiben an das Akzentzeichen auf dem Subjektpronomen **él** („er“).

Die Pronomen der Höflichkeitsform (**usted**, **ustedes**) haben wie „**yo**“ und „**tú**“ nur eine Form.

! In Lateinamerika verwendet man **ustedes** für die 2. und 3. Person Plural.

Ellos son Victoria y Rafa.
Das sind Victoria und Rafa.

Bei gemischtgeschlechtlichen Gruppen wird immer die maskuline Pluralform verwendet.

¿**Sois** de Madrid?
***Seid ihr** aus Madrid?*
Es mi vecino.
***Er ist** mein Nachbar.*

Anders als im Deutschen nennt man im Spanischen meistens nur das Verb, ohne das Subjektpronomen. Man erkennt das Subjekt an der Verbendung. So ist es auch im Lateinischen:

LAT	sum	ich bin
SPA	soy	

–¿Sois de aquí? –**Yo** soy de aquí, pero **ella** es de Santiago de Compostela.
*– Seid ihr von hier? – **Ich** bin von hier, aber **sie** ist aus Santiago de Compostela.*
–¿Eres Mario? –No, **yo** soy Rafa. **Él** es Mario.
*– Bist du Mario? – Nein, **ich** bin Rafa. **Er** ist Mario.*
–Hablo español, ¿y **ustedes**? –**Nosotros** también.
*<u>Spanien</u>: Ich spreche Spanisch, und **Sie**? – **Wir** auch.*
*<u>Lateinam.</u>: Ich spreche Spanisch, und **ihr**? – **Wir** auch.*

In folgenden Fällen wird das Subjektpronomen jedoch genannt:
– wenn es ohne Verb steht,
– zur Betonung eines Unterschieds,
– um Missverständnisse zu vermeiden.

In Lateinamerika wird **ustedes** für die Anrede im Plural verwendet.

2 Der bestimmte Artikel | El artículo determinado

	maskulin	feminin
Singular	el chico	la chica
Plural	los chicos	las chicas

Im Spanischen gibt es, anders als im Deutschen, nur maskuline und feminine Substantive.
Die maskulinen Artikel lauten **el** und **los**, die femininen Artikel **la** und **las**.

Spanisch	Deutsch
el chocolate	*die Schokolade*
la tarde	*der Nachmittag*

! Oft stimmen die Artikel im Spanischen und im Deutschen nicht überein.

Lerne Substantive immer zusammen mit dem Artikel.

3 Das Substantiv (Singular und Plural) | El sustantivo (singular y plural)

maskulin	feminin
el amigo	la amiga
el vecino	la vecina
el profesor	la profesora
el parque	la clase
el hotel	la ciudad

! la foto, el problema

Die meisten spanischen Substantive enden auf **-o** oder **-a**. Es gibt aber auch Substantive mit anderen Endungen.
Fast alle Substantive auf **-o** sind maskulin, Substantive auf **-a** sind fast immer feminin.

! Es gibt aber auch Ausnahmen.

Singular	Plural
el amigo	los amigos
la amiga	las amigas
la tarde	las tardes
el profesor	los profesores
la ciudad	las ciudades

So bildest du den Plural:
- Bei Substantiven, die auf einen Vokal (**-a**, **-o**, **-e**, **-u** und **-i**) enden, hängst du ein **-s** an.
- Bei allen anderen Endungen hängst du **-es** an.

el blog → los blogs
el cómic → los cómics

! Bei manchen Substantiven, die aus dem Englischen übernommen wurden, wird die englische Pluralform verwendet.

los profesores
die Lehrerinnen und Lehrer

las profesoras
die Lehrerinnen

Bei gemischtgeschlechtlichen Gruppen wird immer die maskuline Pluralform verwendet.
Das kennst du schon von den Subjektpronomen (▶ Nr. 1).

4 Das Verb ser | El verbo ser

			ser *sein*	
Singular	1.	Hola,	**soy**	Victoria.
	2.	¿Tú	**eres**	Mario?
	3.	Mario	**es**	nuevo.
Plural	1.	Rafa y yo	**somos**	amigos.
	2.	¿Vosotras	**sois**	amigas?
	3.	Los chicos	**son**	vecinos.

Das Verb **ser** („sein") ist unregelmäßig.
Anders als im Französischen spricht man im Spanischen das **-s** am Ende der Personalformen aus.

FRA tu es
SPA tú eres

Die betonten Vokale sind in den Verbformen links unterstrichen.

Lerne bei unregelmäßigen Verben immer alle Formen auswendig.

A Mi barrio

5 Die Verbform hay | La forma verbal hay

–¿**Hay** una piscina en el barrio?
– ***Gibt es*** *ein Schwimmbad im Stadtviertel?*
–Sí, y también **hay** un cine, un parque, cafeterías.
– *Ja,* ***es gibt*** *auch ein Kino, einen Park, Cafeterias.*
–¡**Hay** de todo!
– ***Es gibt*** *alles Mögliche!*

Die Verbform **hay** entspricht dem deutschen „es gibt". Mit **hay** kannst du sagen, was an einem Ort vorhanden ist.

¡! Auf **hay** folgt nie ein bestimmter Artikel (**el**, **la**, **los**, **las**).

6 Der unbestimmte Artikel | El artículo indeterminado

	maskulin	feminin
Singular	un chico	una chica
Plural	ø chicos	ø chicas

Der unbestimmte Artikel **un** bzw. **una** entspricht dem deutschen „ein" bzw. „eine". Du kennst schon den bestimmten Artikel (▶ Nr. 2).

Lavapiés es **un** barrio de Madrid.
Lavapiés ist ***ein*** *Stadtviertel von Madrid.*
En el barrio hay **un** cine y **una** heladería.
Im Stadtviertel gibt es ***ein*** *Kino und* ***eine*** *Eisdiele.*
¿También hay **un** parque?
Gibt es auch ***einen*** *Park?*
¿Hay **ø** deberes?
Gibt es ***ø*** *Hausaufgaben?*

Wie im Deutschen wird der unbestimmte Artikel nur im Singular verwendet.
Es gibt zwar die Pluralformen **unos** und **unas**, sie haben aber eine andere Bedeutung („ein paar" bzw. „ungefähr").

7 Die Verben auf -ar | Los verbos en -ar

			hablar *sprechen*	
Singular	1.		Habl**o**	español.
	2.	¿También	habl**as**	inglés?
	3.	Blanca	habl**a**	gallego.
Plural	1.	Rafa y yo	habl**amos**	de los profes.
	2.	Y vosotros, ¿	habl**áis**	francés?
	3.	Los chicos	habl**an**	en el parque.

Die meisten spanischen Verben enden im Infinitv auf **-ar**. Zum Konjugieren hängst du die passende Personalendung an den Verbstamm an: **-o**, **-as**, **-a**, **-amos**, **-áis**, **-an**.

G Verbstamm = der Infinitiv ohne die Endung: habl-ar

Die Endungen sind den Präsens-Endungen der lateinischen **a**-Konjugation sehr ähnlich:

LAT	laud**o**	laud**amus**
	laud**as**	laud**atis**
	laud**at**	laud**ant**

stammbetont	endungsbetont
hablo	
hablas	
habla	
	hablamos
	habláis
hablan	

Achte bei der Aussprache auf die Betonung: Die Singularformen und die 3. Person Plural werden auf dem Verbstamm betont. Die erste und die zweite Person Plural hingegen werden auf der Endung betont.
In den Verbformen links sind die betonten Vokale unterstrichen.

B Y por la tarde...

8 Die Fragewörter | Las palabras interrogativas

¿**Cómo** te llamas?	***Wie*** *...?*
¿**De dónde** eres?	***Woher*** *...?*
¿**Dónde** quedamos?	***Wo*** *...?*
¿**Qué** lenguas hablas?	***Welche*** *...?*
¿**Qué** hay en tu barrio?	***Was*** *...?*
¿**Quién** es la chica?	***Wer*** *...?*
Y ellos, ¿**quiénes** son?	***Wer*** *...?*

¡! Alle spanischen Fragewörter tragen einen Akzent.

! Das Fragewort **¿quién?** hat im Spanischen eine Pluralform: **¿quiénes?**

¿**Qué tal**?	***Wie geht's****?*
¿**Qué tal** tu vecina?	***Wie geht's*** *deiner Nachbarin?*
¿**Qué tal** el verano?	***Wie war*** *der Sommer?*
¿**Qué tal** el instituto?	***Wie läuft's*** *in der Schule?*

¿**Qué tal**? ist eine feste Wendung. Wenn sie alleine steht, bedeutet sie „Wie geht's?".
Wenn ein Substantiv folgt, bedeutet sie „Wie ist/war ...?" oder auch „Wie läuft's in/mit ...?".

9 Die Verben auf -er und -ir | Los verbos en -er e -ir

		comer *essen*	**vivir** *leben*
Singular	1.	como	vivo
	2.	comes	vives
	3.	come	vive
Plural	1.	comemos	vivimos
	2.	coméis	vivís
	3.	comen	viven

Im Spanischen enden Verben im Infinitiv entweder auf **-ar** (▶ Nr. 7), auf **-er** oder auf **-ir**. Die Endungen der Verben auf **-er** und **-ir** sind in den meisten Formen gleich. Sie unterscheiden sich nur in der 1. und 2. Person Plural.
Es gelten die gleichen Betonungsregeln wie bei den Verben auf **-ar** (▶ Nr. 7). Die betonten Vokale sind in der Tabelle links unterstrichen.

¿Qué **coméis**?	*Was **esst ihr**?*
¿Dónde **vivís**?	*Wo **wohnt ihr**?*
¿**Habláis** español?	***Sprecht ihr** Spanisch?*

¡! In der 2. Person Plural (**vosotros/-as**) tragen alle regelmäßigen Verben einen Akzent. Das gilt auch für die Verben auf **-ar**.

10 Die einfache Verneinung mit no | La negación con no

–¿Hablas gallego? –**No**.	*– Sprichst du Galicisch? – **Nein**.*
No vivo aquí.	*Ich wohne **nicht** hier.*
¿**No** lees cómics?	*Liest du **keine** Comics?*

Um etwas zu verneinen, benutzt du **no**. **No** bedeutet sowohl „nein" als auch „nicht" und „kein".

¡! **No** („nicht"/„kein") steht im Spanischen – anders als im Deutschen – immer vor dem konjugierten Verb.

APRENDER MEJOR LA GRAMÁTICA

Grammatikregeln und Verbformen lernen

A Schreibe neue Vokabeln auf, z. B. in ein Vokabelheft oder auf Karteikarten. Markiere alle Besonderheiten, um sie dir besser einzuprägen.	→ Wende diese Lernstrategie für die Vokabeln **la foto**, **los blogs** und für die Fragewörter an. ▶ Nr. 3, 8
B Gehe beim Lernen hin und her und sprich die Regel oder die Verbformen mehrmals laut vor dich hin.	→ Probiere diese Lernstrategie mit **ser**, **hablar**, **comer** und **vivir** aus. ▶ Nr. 4, 7, 9
C Lies dir aufmerksam ein Grammatikkapitel durch. Suche aus dem Lektionstext dann die neue grammatische Struktur heraus und wiederhole im Kopf die passende Regel.	→ Suche aus dem Lektionstext im Schülerbuch (S. 10–11) alle Sätze mit Subjektpronomen heraus und erkläre für jeden Satz, warum sie verwendet werden. ▶ Nr. 1

Evaluación Unidad 1

Hier kannst du überprüfen, was du in der Unidad 1 gelernt hast. Diese Aufgaben kannst du mithilfe des Webcodes **zepiwa** unter www.cornelsen.de/codes herunterladen und ausfüllen.

1 Schreibe die Substantive zum Thema Schule und Freizeit mit dem bestimmten Artikel im Singular und Plural auf.

Ejemplo: plaza → la plaza, las plazas

1. chico
2. casa
3. blog
4. mensaje
5. profesor
6. foto
7. cafetería
8. tarde
9. clase
10. vídeo

2 Schreibe die Pausengespräche der Jugendlichen mit der passenden Form von ser auf.

1. –Hola, soy Abel. Y tú, ¿quién [...]? –[...] Blanca.
2. –Mira, los chicos allí, ¿quiénes [...]? –[...] Pablo y Laura, los primos de Mario.
3. –Hola, ¿[...] los amigos de Blanca? –Sí, yo [...] Rafa y ella [...] Victoria.
4. –Nosotros [...] de Madrid. Y tú, ¿de dónde [...]? –[...] de Cuzco.

3 Was gibt es alles im Wohnviertel? Vervollständige den Satz mit den vier passenden Substantiven.

En el barrio hay
- un parque.
- el instituto.
- tiendas.
- el cine.
- la piscina.
- un centro comercial.
- cafeterías.
- la heladería.

4 Gramática combinada: Alicia stellt sich ihrer Austauschpartnerin vor. Vervollständige ihren Text.

Hola, soy Alicia. Vivo también en el barrio de Blanca y Victoria y a veces quedo con [...] en el parque. Allí charlamos y [...] música. Yo no paso mucho [...] en Internet, pero a veces escribo [...] o [...] fotos con mis amigos. Ellos sí [...] mucho tiempo en Internet: miran vídeos, [...] información y leen blogs. Y tú, ¿[...] vives? ¿Qué hacéis tú y [...] amigos por la tarde? ¿Pasas mucho tiempo en Internet? ¡[...] luego!

5 Die Jugendlichen unterhalten sich mit dem neuen Austauschschüler. Welche Fragen stellen sie?

1. Son Mario y Rafa.
2. Me llamo Victoria.
3. Yo soy de Madrid, pero él es de Salamanca.
4. Hablo alemán, inglés y un poco de español.
5. ¡En el barrio hay de todo! Un cine, un parque, una heladería, un polideportivo...
6. Vivo en Hamburgo.
7. Muy bien, gracias. ¿Y tú?

6 Dein Freund stellt dir viele Fragen. Verneine sie und antworte im ganzen Satz.

1. ¿Pasas mucho tiempo en Internet?
2. ¿Copias los deberes?
3. ¿Escuchas música?
4. ¿Blanca es tu vecina?
5. ¿Hablas gallego?
6. ¿Lees cómics?

¡Acércate!

11 Das Verb tener | El verbo tener

			tener *haben*	
Singular	1.	No	**tengo**	primos.
	2.	Y tú, ¿	**tienes**	hermanos?
	3.	Blanca	**tiene**	14 años.
Plural	1.	Oye, ¿	**tenemos**	clase ahora?
	2.	¿Vosotros	**tenéis**	un animal?
	3.	Los chicos	**tienen**	un perro.

Das Verb **tener** („haben") ist unregelmäßig:
- In der 1. Person Singular steht ein **-g-** zwischen Verbstamm und Endung.
- Das **-e-** im Verbstamm wird in der 2./3. Person Singular und in der 3. Person Plural zu **-ie-**.
- Die Endungen sind aber regelmäßig und entsprechen denen der anderen Verben auf **-er** (▶ Nr. 9).
- Auch die Betonung ist regelmäßig (▶ Nr. 7).

–¿Cuántos años **tienes**? –**Tengo** 14 años.
– Wie alt bist du? – Ich bin 14 Jahre alt.

Mit **tener** gibst du im Spanischen auch das Alter an (wörtlich: „Wie viele Jahre hast du?").

12 Die Possessivbegleiter mi/s, tu/s, su/s | Los determinantes posesivos mi/s, tu/s, su/s

Singular		Plural	
mi *mein/e*	**amigo** *Freund* **amiga** *Freundin*	**mis** *meine*	**amigos** *Freunde* **amigas** *Freundinnen*
tu *dein/e*		**tus** *deine*	
su *ihr/e, sein/e*		**sus** *ihre, seine*	

G Possessivbegleiter = Wörter, die ein Besitzverhältnis angeben (z. B. mein/e, deine/e, sein/e, ihr/e etc.).

Für die Possessivbegleiter gibt es Singular- und Pluralformen. Die Form des Possessivbegleiters richtet sich nach dem Substantiv, vor dem es steht.
Die restlichen Possessivbegleiter findest du unter ▶ Nr. 15.

Es **su** libro.
*Es ist **sein** Buch. / Es ist **ihr** Buch.*
Son **sus** libros.
*Es sind **seine** Bücher. / Es sind **ihre** Bücher.*

! Der Begleiter **su** bzw. **sus** kann sowohl „sein/e" als auch „ihr/e" bedeuten.

13 Die Adverbien también und tampoco | Los adverbios también y tampoco

–Yo hablo inglés. –Yo **también**.
*– Ich spreche Englisch. – Ich **auch**.*
–Pero no hablo francés. –Yo **tampoco**.
*– Aber ich spreche kein Französisch. – Ich **auch nicht**.*

Das Adverb **también** („auch") wird nur in bejahten Aussagen verwendet. In verneinten Sätzen verwendest du **tampoco** („auch nicht").

¡! Die Wortfolge **también + no** exisitiert nicht. Es heißt verneint immer **tampoco**.

14 Das Verb hacer | El verbo hacer

		hacer *machen*
Singular	1.	Hago deporte en el polideportivo.
	2.	¿Qué haces normalmente por la tarde?
	3.	Mi amigo no hace deporte.
Plural	1.	Mi hermano y yo hacemos los deberes en casa.
	2.	¿Qué hacéis en el barrio por la tarde?
	3.	¿Qué hacen los chicos en el recreo?

Das Verb **hacer** („tun", „machen") ist in der 1. Person Singular unregelmäßig. Die restlichen Formen sind regelmäßig.

15 Die Possessivbegleiter nuestro/s, vuestro/s, su/s | Los determinantes posesivos nuestro/s, vuestro/s, su/s

Singular		Plural	
nuestro *unser* **nuestra** *unsere*		**nuestros** **nuestras** *unsere*	
vuestro *euer* **vuestra** *eure*	amigo *Freund* amiga *Freundin*	**vuestros** **vuestras** *eure*	amigos *Freunde* amigas *Freundinnen*
su *ihr/e*		**sus** *ihr/e*	

Du kennst bereits die Possessivbegleiter im Singular: **mi/s** („mein/e"), **tu/s** („dein/e") und **su/s** („sein/e", „ihr/e"). ▶ Nr. 12
Um zu sagen, dass etwas mehreren Personen gehört, brauchst du die Possessivbegleiter im Plural. Auch sie richten sich im Numerus (Singular/Plural) nach ihrem Bezugswort. **Nuestro/-a** und **vuestro/-a** musst du außerdem an das Genus (maskulin/feminin) des Bezugswortes anpassen.

16 Die Adjektive (Singular und Plural) | Los adjetivos (singular y plural)

El libro es **divertido**.
*Das Buch ist **lustig**.*
Blanca es **graciosa**.
*Blanca ist **witzig**.*
La serie es **genial**.
*Die Serie ist **genial**.*

Victoria es **inteligente**.
*Victoria ist **intelligent**.*
Mario es **deportista**.
*Mario ist **sportlich**.*

G
Adjektiv = Eigenschaftswort, das ein Substantiv beschreibt (z. B. neu, alt, groß, klein, lustig etc.).

Im Spanischen enden die meisten Adjektive auf **-o** bzw. **-a**. Es gibt aber auch Adjektive mit anderen Endungen.

- Bei Adjektiven auf **-o**/**-a** verwendest du die Endung **-o** für die maskuline Form und **-a** für die feminine Form.
- Fast alle anderen Adjektive, z. B. diejenigen, die auf **-e** oder **-l** enden, sind in der maskulinen und femininen Form gleich. Unter den Länderadjektiven gibt es Ausnahmen, z. B. **español**/**española** und **inglés**/**inglesa**.
- Der Plural der Adjektive wird wie der Plural der Substantive gebildet (▶ Nr. 3): Adjektive, die auf einen Vokal enden, bilden den Plural mit **-s**. Alle anderen Adjektive bilden den Plural mit **-es**.

	maskulin		feminin	
Singular	un libro	**divertido** **interesante** **genial**	una serie	**divertida** **interesante** **genial**
Plural	libros	**divertidos** **interesantes** **geniales**	series	**divertidas** **interesantes** **geniales**

Im Spanischen musst du Adjektive in Numerus (Singular/Plural) und Genus (maskulin/feminin) an ihr Bezugswort angleichen: Steht also das Bezugswort im Plural, muss auch das Adjektiv im Plural stehen. Ist das Bezugswort feminin, muss auch das Adjektiv feminin sein.

¡!
Adjektive im Spanischen werden auch in prädikativer Stellung angeglichen.

Blanca y Mario son **graciosos**.
*Blanca und Mario sind **witzig**.*

Auch bei den Adjektiven wird für gemischtgeschlechtliche Gruppen die maskuline Pluralform verwendet.

Rafa es **deportista**.
Blanca es **deportista**.
Rafa y Blanca son **deportistas**.

! Die Adjektivendung **-ista** ist im Genus (maskulin/feminin) unveränderlich.
Der Plural wird regulär auf **-s** gebildet.

Rafa es un chico **majo**.
*Rafa ist ein **netter** Junge.*
Blanca saca fotos **geniales**.
*Blanca macht **geniale** Fotos.*

¡!
Im Spanischen stehen die Adjektive – anders als im Deutschen – meist hinter ihrem Bezugswort.

17 Ser + Adjektiv | Ser + adjetivo

Victoria **es** inteligente.
Victoria ***ist*** *intelligent.*
Los libros de Isabel Allende **son** muy buenos.
Die Bücher von Isabel Allende ***sind*** *sehr gut.*

Wenn du beschreiben willst, wie eine Person oder Sache ist, verwendest du das Verb **ser** (▶ Nr. 4) mit dem jeweiligen Adjektiv.
❗ Es gibt auch Adjektive, die mit **estar** (▶ Nr. 19) kombiniert werden (▶ Nr. 46).

18 Das Fragewort ¿cuándo? | El pronombre interrogativo ¿cuándo?

¿**Cuándo** quedamos?
Wann *verabreden/treffen wir uns?*

¡! Das Fragewort **¿cuándo?** trägt einen Akzent auf der betonten Silbe (▶ Nr. 8).

2B Mi habitación, mi mundo

19 Das Verb estar | El verbo estar

			estar *sein, sich befinden*	
Singular	1.	Ahora	**estoy**	en casa.
	2.	¿Dónde	estás	?
	3.	Madrid	está	en España.
Plural	1.	No	estamos	en casa.
	2.	¿Dónde	estáis	ahora?
	3.	¿Quiénes	están	contigo?

Das Verb **estar** entspricht im Deutschen „sein" bzw. „sich befinden". Es hat eine unregelmäßige Form in der 1. Person Singular. Außerdem ist die Betonung unregelmäßig.
❗ Alle Formen von **estar** werden auf der zweiten Silbe betont und die Formen **estás**, **está**, **estáis** und **están** tragen einen Akzent.

20 Der Gebrauch von ser und estar | El uso de ser y estar

Ella **es** Blanca. **Es** de Galicia. **Es** maja.
Das ***ist*** *Blanca. Sie* ***kommt*** *aus Galicien. Sie* ***ist*** *nett.*
Blanca **está** en su habitación. Los libros **están** en la estantería. Su móvil **está** en la cama.
Blanca ***ist*** *in ihrem Zimmer. Die Bücher* ***stehen*** *im Regal. Ihr Handy* ***liegt*** *auf dem Bett.*

Im Spanischen gibt es zwei Verben für das deutsche Verb „sein": **ser** und **estar**.
Mit **ser** drückst du aus, wer oder wie jemand ist bzw. was oder wie etwas ist. Mit **ser** + **de** gibst du auch die Herkunft einer Person an.
Estar gebrauchst du bei Ortsangaben, also um zu sagen, wo sich jemand oder etwas befindet.

Die beiden Verben stammen von zwei unterschiedlichen lateinischen Verben ab:

LAT	**esse** („sein")	**stare** („stehen")
SPA	**ser**	**estar**

¡! **Estar** kannst du oft auch mit „sich befinden", „liegen" oder „stehen" übersetzen.

21 Der Gebrauch von estar und hay | El uso de estar y hay

En la habitación **hay** una cama.
*In dem Zimmer **gibt es / steht** ein Bett.*
En la mesa **hay** ø fotos.
*Auf dem Tisch **gibt es / liegen** ø Fotos.*
En la habitación **hay** dos chicas.
*In dem Zimmer **gibt es / sind** zwei Mädchen.*

Du kennst schon die Verbform **hay** (▶ Nr. 5). Damit gibt man an, was es an einem Ort gibt. Man kann **hay** immer mit „es gibt" übersetzen; je nach Kontext auch mit „sich befinden", „stehen" oder „liegen". Nach **hay** stehen Substantive immer mit dem unbestimmten Artikel (**un**/**una**/**ø**) oder mit Zahlwörtern (**dos**, **tres**, **muchos**).

¡! Nach **hay** steht nie der bestimmte Artikel.

La cama **está** en la habitación.
*Das Bett **ist/steht** im Zimmer.*
Tus fotos **están** en la mesa.
*Deine Fotos **sind/liegen** auf dem Tisch.*
Blanca y Lucía **están** en su habitación.
*Blanca und Lucía **sind** in ihrem Zimmer.*

Wenn du sagen willst, wo sich bestimmte Dinge oder Personen befinden, verwendest du das Verb **estar**. Das Bezugswort steht dann mit dem bestimmten Artikel (**el**, **la**, **los**, **las**), mit Possessivbegleitern (**mi/s**, **tu/s**, **su/s** etc.) oder es handelt sich um Eigennamen (Blanca, Lucía, Rafa etc.).

22 Die Ortsangaben (Präpositionen) | Las preposiciones de lugar

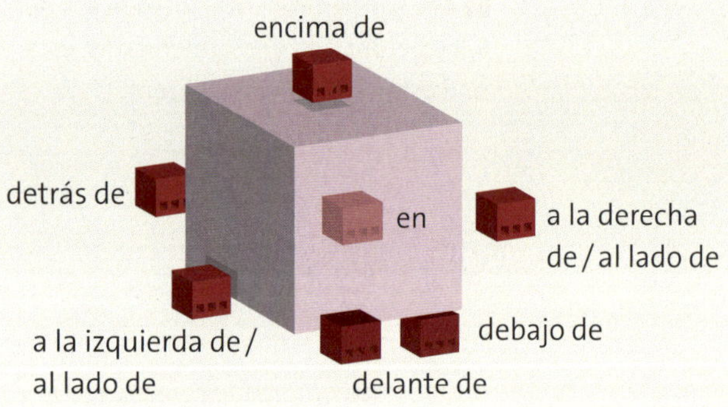

G Ortspräpositionen geben an, wo sich etwas befindet (z. B. auf, unter, neben, vor etc.).

Im Spanischen werden fast alle Ortspräpositionen zusammen mit der Präposition **de** verwendet: **encima de**, **debajo de**, **al lado de** etc.

Mi ropa está **en** el armario.
*Meine Kleidung ist **im** Schrank.*
La estantería está **entre** la cama y el armario.
*Das Regal steht **zwischen** dem Bett und dem Schrank.*

! Ausnahmen sind **entre** („zwischen") und **en** („in", „an", „auf"). Sie stehen ohne **de**.

El móvil está **en** la mesa.
*Das Handy liegt **auf** dem Tisch.*
Los libros están **en** la estantería.
*Die Bücher stehen **im** Regal.*
En la pared hay pósteres.
***An** der Wand hängen Poster.*

Die Präposition **en** kann „in", „an" und „auf" bedeuten.

23 Der zusammengezogene Artikel del | El artículo contraído del

El móvil está encima **del** escritorio.
Das Handy liegt auf dem Schreibtisch.
El armario está al lado **de la** puerta.
Der Schrank steht neben der Tür.
Hablamos **de los** profesores.
Wir sprechen über die Lehrer.

Wenn **de** vor dem bestimmten Artikel **el** steht, verschmelzen beide: **de** + **el** → **del**.
! Die anderen Formen des bestimmten Artikels verschmelzen nicht mit der Präposition: **de la**, **de los**, **de las**.

24 Conmigo und contigo | Conmigo y contigo

	conmigo.	... ***mit mir.***
	contigo.	... ***mit dir.***
Blanca charla	**con** él/ella.	... ***mit*** *ihm/ihr.*
Blanca plaudert	**con** nosotros/-as.	... ***mit*** *uns.*
	con vosotros/-as.	... ***mit*** *euch.*
	con ellos/ellas.	... ***mit*** *ihnen.*

Die Präposition **con** („mit“) bildet mit den Personalpronomen in der 1. und 2. Person Singular die Sonderformen **conmigo** („mit mir“) und **contigo** („mit dir“). In den übrigen Formen wird **con** mit den Subjektpronomen (▶ Nr. 1) benutzt.

25 Das Verb poner | El verbo poner

		poner *setzen, stellen, legen*
Singular	1.	Pongo los cómics en la estantería.
	2.	¿Qué cosas pones en tu mochila?
	3.	El profesor pone los cuadernos en la mesa.
Plural	1.	En mi habitación mi amigo y yo ponemos la música a tope.
	2.	¿Dónde ponéis vuestras cosas?
	3.	Los chicos ponen la ropa debajo de la cama.

Auch das Verb **poner** („setzen“, „stellen“, „legen“) hat eine unregelmäßige 1. Person Singular mit **-g-**. Das kennst du schon von den Verben **tener** und **hacer** (▶ Nr. 11, 14).

Evaluación Unidad 2

Hier kannst du überprüfen, was du in der Unidad 2 gelernt hast. Diese Aufgaben kannst du mithilfe des Webcodes **zepiwa** unter www.cornelsen.de/codes herunterladen und ausfüllen.

1 Wem gehört was? Schreibe die Wörter auf Spanisch mit den passenden Possessivbegleitern auf.

1. *mein Buch*
2. *deine Cousins*
3. *dein Handy*
4. *ihr Bruder*
5. *seine Schwestern*
6. *unser Zimmer*
7. *unsere Eltern*
8. *eure Lieblingsserie*
9. *ihre Telefonnummern*

2 Lerne Gemeinsamkeiten und Unterschiede der Jugendlichen kennen, indem du die Sätze mit también oder tampoco vervollständigst.

1. Mario no tiene perro. Blanca [...].
2. –Yo hablo inglés, ¿y tú? –Yo [...].
3. Blanca tiene fotos de su familia en el móvil. ¿Tú [...]?
4. –Hoy no tenemos deberes, ¿y vosotros? –Nosotros [...].
5. Victoria no habla alemán. Blanca [...].

3 Korrigiere Lucías Präsentation.

Hola, soy Lucía, el hermana de Blanca. Estoy una chica muy majo, pero también un poco caótica. Ser con mi hermana es genial. Ella es muy abiertas y bastante graciosa. Tiene amigos muy majas. Se llama Rafa, Victoria y Mario. Rafa y Mario son muy divertido y Victoria es muy inteligente. Las amigos de mi hermana son genial.

4 Dein spanischer Austauschschüler beschreibt dir sein Zimmer. Setze die passenden Ortspräpositionen ein und achte auch auf die Verschmelzung des Artikels.

en – delante de – encima de – al lado de (2 x)

Mira, esta es mi habitación. Es bastante pequeña, pero todo está en su sitio. Mi armario está [...] la puerta. [...] el armario hay una estantería con mis libros y mis cómics. ¡Leo mucho! A veces también hay cómics [...] mi escritorio. [...] la ventana está mi escritorio con mi ordenador. [...] la pared hay fotos de mis amigos y de mi familia.

5 Ser, estar oder hay? Ergänze die Beschreibungen der Jugendlichen mit der passenden Verbform.

1. –¡¡Blaaaanca!! ¿Dónde [...]? –¡[...] aquí, en mi habitación!
2. Mi habitación [...] muy pequeña. [...] una cama, un escritorio y un armario.
3. Victoria [...] una chica bastante inteligente.
4. En la habitación de Blanca y Lucía [...] dos camas y dos estanterías.
5. –Mario, ¿de dónde [...]? –[...] de Berlín.

6 Bilde Sätze, die Rafa im Chat mit seinem Tandempartner verwendet. Konjugiere die Verben.

1. mis libros / en la estantería / (*poner* / yo) / siempre.
2. Rafa, ¿ / qué / por la tarde / normalmente / *hacer* / ?
3. los deberes / siempre / en mi habitación / (*hacer* / yo).
4. *estar* / Blanca y Victoria / en el instituto.
5. Rafa, ¿ / *tener* / cuántos / años / ?
6. deberes / (*tener* / yo) / hoy / no.

Módulo 2 ¿Qué hora es?

26 Die Uhrzeit | La hora

–**¿Qué hora es?**
– ***Wie spät ist es?***
–**Es** la una.
– ***Es ist*** *ein Uhr.*
–**Son** las dos/tres/cuatro.
– ***Es ist*** *zwei/drei/vier Uhr.*

Im Spanischen fragst du mit **¿Qué hora es?** nach der Uhrzeit. Bei der Antwort steht das Verb **ser** im Plural (**Son las...**). Nur bei „ein Uhr" wird der Singular verwendet: **Es la una.**

¡! Die Uhrzeit steht immer mit dem femininen bestimmten Artikel (**la** bzw. **las**).

Son las dos **menos cuarto**.
Es ist ***Viertel vor*** *zwei.*
Son las dos **menos veinte**.
Es ist ***zwanzig vor*** *zwei.*

Es la una **(en punto)**.
Es ist ***(Punkt)*** *eins.*
Es la una **y cuarto**.
Es ist ***Viertel nach*** *eins.*
Es la una **y diez**.
Es ist ***zehn nach*** *eins.*

Du kannst zur vollen Stunde noch **en punto** hinzufügen. Die Minuten werden bis „halb" mit **y** angefügt, danach zieht man sie mit **menos** von der nächsten vollen Stunde ab.

Es la una **y media**.
Es ist ***halb*** *zwei.*

Son las diez **y media**.
Es ist ***halb*** *elf.*

Wie im Englischen und Französischen wird auch im Spanischen die halbe Stunde zur vorherigen vollen Stunde dazugezählt:

ENG It's **half past** one.
FRA Il est une heure **et demie**.
SPA Es la una **y media**.

Im Deutschen hingegen wird die halbe Stunde von der nächsten vollen Stunde abgezogen: „Es ist halb zwei."

–**¿A qué hora** quedamos? –**A la** una.
– ***Um wieviel Uhr*** *treffen wir uns? –* ***Um*** *eins.*
–**¿A qué hora** terminan las clases? –**A las** dos y media.
– ***Um wieviel Uhr*** *endet der Unterricht? –* ***Um*** *halb drei.*

Auf die Frage **¿A qué hora...?** („Um wieviel Uhr ...?") antwortest du mit **a la/s** + Uhrzeitangabe. Einen Zeitraum gibst du mit **de... a...** oder **desde la/s... hasta la/s...** an.

¡Acércate!

27 Die Diphthongverben e → ie | Los verbos con cambio de vocal e → ie

		empezar *anfangen*	**cerrar** *schließen*	**tener** *haben*
Singular	1.	empiezo	cierro	tengo
	2.	empiezas	cierras	tienes
	3.	empieza	cierra	tiene
Plural	1.	empezamos	cerramos	tenemos
	2.	empezáis	cerráis	tenéis
	3.	empiezan	cierran	tienen

Es gibt im Spanischen viele Verben, die bei der Konjugation ihren Stammvokal ändern. Die Verben mit Stammvokalwechsel **e → ie** (z. B. **empezar** und **cerrar**) ändern ihren Stammvokal **-e-** im Singular und der 3. Person Plural zu **-ie-**. Auch das Verb **tener** (▶ Nr. 11) gehört zu dieser Gruppe, allerdings ist die 1. Person Singular unregelmäßig (**tengo**).

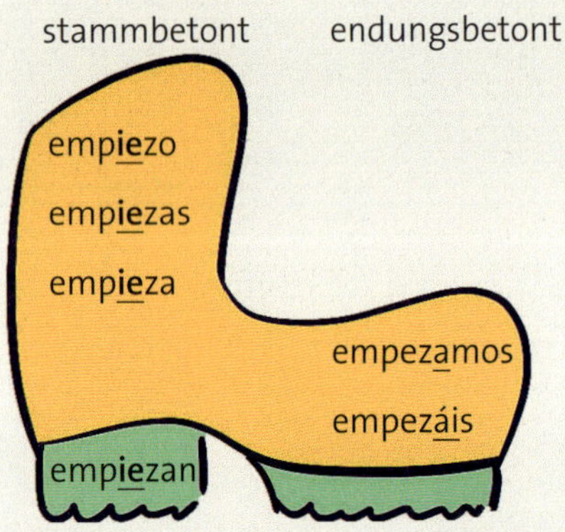

Die Verben mit Stammvokalwechsel folgen den gleichen Betonungsregeln, die du schon von den anderen regelmäßigen Verben kennst (▶ Nr. 7). In den Verbformen links sind die betonten Vokale unterstrichen.

Präge dir die Verben mit Stammvokalwechsel als Gruppe der „Stiefelverben" ein: Die Formen mit Vokalwechsel bilden den Schaft und den Absatz des Stiefels, die Formen ohne Vokalwechsel bilden den Fußteil.

28 Das Fragewort ¿cuánto/-a? | El pronombre interrogativo ¿cuánto/-a?

	maskulin	feminin
Singular	**¿Cuánto** tiempo tenemos?	**¿Cuánta** gente hay en la plaza?
Plural	**¿Cuántos** (alumnos) sois?	**¿Cuántas** asignaturas tenéis?

Das Fragewort **¿cuánto/-a?** („wie viel/e?") wird wie ein Adjektiv an das Substantiv, auf das es sich bezieht, angeglichen. Die Endungen lauten **-o**, **-a**, **-os**, **-as**.
¿Cuánto/-a? kann auch ohne Substantiv stehen.

29 ¿Por qué? und porque | ¿Por qué? y porque

–**¿Por qué** no tenemos clase mañana?
– ***Warum** haben wir morgen keinen Unterricht?*
–**Porque** mañana es sábado.
– ***Weil** morgen Samstag ist.*

¿Por qué? ist ein Fragewort und bedeutet „warum?".
Porque ist eine Konjunktion und bedeutet „weil".

30 ¿Qué? vs. ¿cuál/cuáles? | ¿Qué? vs. ¿cuál/cuáles?

¿**Qué** día es hoy?
Welcher *Tag ist heute?*
¿**Qué** *asignaturas tenéis hoy?*
Welche *Fächer* habt ihr heute?
¿**Cuál** es tu día favorito?
Was/Welcher *ist dein Lieblingstag?*
¿**Cuáles** son tus asignaturas favoritas?
Was/Welches *sind deine Lieblingsfächer?*

Für das deutsche Fragewort „welche/r/-s?“ gibt es im Spanischen zwei Übersetzungen: **¿cuál?** und **¿qué?**
Auf **¿qué?** folgt in der Bedeutung „welche/r/s?“ immer ein Substantiv.
¿Cuál? hingegen ersetzt das Substantiv, es steht daher allein oder mit einem Verb.
! **¿Cuál?** hat auch eine Pluralform: **¿cuáles?**

3A Examen... ¿sorpresa?

31 Das Verb ir | El verbo ir

			ir *gehen, fahren*	
Singular	1.	Yo	**voy**	a la piscina.
	2.	¿Adónde	**vas**	?
	3.	Rafa	**va**	al instituto.
Plural	1.	Nosotros	**vamos**	contigo.
	2.	¿Cuándo	**vais**	a Madrid?
	3.	Los chicos	**van**	a la librería.

Alle Formen von **ir** („gehen“, „fahren“) sind unregelmäßig. Wenn **ir** in Verbindung mit einer Ortsangabe steht, folgt immer die Präposition **a**.

! Die 2. Person Plural (**vais**) trägt keinen Akzent.

32 Der zusammengezogene Artikel al | El artículo contraído al

–¿Vas **al** cine?
– Gehst du ***ins*** *Kino?*
–No, voy **a la** biblioteca.
– Nein, ich gehe ***in die*** *Bibliothek.*

Die Präposition **a** verschmilzt mit dem bestimmten Artikel **el** zu **al**:
a + **el** = **al**.
! Die übrigen Formen des bestimmten Artikels verschmelzen nicht mit der Präposition: **a la**, **a los**, **a las**. Das kennst du bereits von der Präposition **de** (▶ Nr. 23).

33 Das Fragewort ¿adónde? | El pronombre interrogativo ¿adónde?

–Mario, **¿adónde** vas?
– *Mario, **wohin** gehst du?*
–**Al** polideportivo. ¿Y vosotras?
– ***Zum** Sportzentrum. Und ihr?*
–Yo voy **a** casa.
– *Ich gehe **nach** Hause.*
–Y yo voy **a** la heladería.
– *Und ich gehe **in** die Eisdiele.*

Das Fragewort **¿adónde?** („wohin?") wird als ein Wort geschrieben. Die Antwort wird immer mit der Ortspräposition **a** („zu", „in", „nach") formuliert.

! „Nach Hause gehen" wird mit **ir a casa** übersetzt. Der Artikel **la** vor **casa** entfällt. Das kennst du schon von **estar en casa**.

34 Die Diphthongverben o → ue | Los verbos con cambio de vocal o → ue

		poder *können*	**soñar** *träumen*
Singular	1.	puedo	sueño
	2.	puedes	sueñas
	3.	puede	sueña
Plural	1.	podemos	soñamos
	2.	podéis	soñáis
	3.	pueden	sueñan

Du kennst schon die Verbgruppe mit dem Stammvokalwechsel **e → ie** (▶ Nr. 27). Nach dem gleichen Muster werden auch viele Verben mit dem Stammvokal **-o-** konjugiert (z. B. **poder**, **soñar**, **dormir** und **aprobar**). Das **-o-** wird im Singular und in der 3. Person Plural zu **-ue-**.

Auch diese Verbgruppe kannst du dir als „Stiefelverben" merken. Sie werden genauso betont wie die Verben mit Vokalwechsel **e → ie** (▶ Nr. 27).

35 Die Modalverben querer, poder, tener que und preferir | Los verbos modales querer, poder, tener que y preferir

	Modalverb	+ Infinitiv
	quiero *will ich* **prefiero**	
Hoy *Heute*	*will ich lieber* **puedo**	estudiar para el examen. *für die Prüfung lernen.*
	kann ich **tengo que** *muss ich*	

Auf die Modalverben **querer** („wollen"), **preferir** („lieber wollen"), **poder** („können") und **tener que** („müssen") folgt im Spanischen immer direkt der Infinitiv eines Vollverbs.

Alle vier Modalverben sind „Stiefelverben" mit Stammvokalwechsel (▶ Nr. 27, 34).

36 Si + Indikativ | Si + indicativo

Si estudiamos mucho, aprobamos los exámenes.
Wenn/Falls *wir viel lernen, bestehen wir die Prüfungen.*
Podemos ir al cine **si** quieres.
Wir können ins Kino gehen, ***wenn/falls*** *du willst.*
Si no tienes muchos deberes, ¿por qué no quedamos?
Wenn/Falls *du nicht viele Hausaufgaben hast, warum verabreden wir uns nicht?*

Si („wenn", „falls") leitet einen Bedingungssatz ein. Der Nebensatz mit **si** kann – wie im Deutschen – vor oder nach dem Hauptsatz stehen.

¡! Wenn der Nebensatz mit **si** nach dem Hauptsatz steht, wird – anders als im Deutschen – kein Komma gesetzt.

3B Un día en la vida de...

37 Die reflexiven Verben | Los verbos reflexivos

		ducharse *duschen*
Singular	1.	**me** ducho
	2.	**te** duchas
	3.	**se** ducha
Plural	1.	**nos** duchamos
	2.	**os** ducháis
	3.	**se** duchan

G Reflexive Verben = Verben, die von einem Reflexivpronomen begleitet werden (z. B. sich verlieben, sich anziehen, sich erinnern etc.).

Die spanischen Reflexivpronomen lauten **me**, **te**, **se**, **nos**, **os** und **se**. Im Infinitiv lautet das Reflexivpronomen **se**.

levanta**rse**	*aufstehen*
ducha**rse**	*duschen*
acosta**rse**	*schlafen gehen, ins Bett gehen*

! Viele spanische reflexive Verben sind im Deutschen nicht reflexiv.

Die Stellung der Reflexivpronomen ist anders als im Deutschen:
– Beim Infinitiv werden sie angehängt (**lavarse**).
– Beim konjugierten Verb werden sie vorangestellt (**me lavo**, **te lavas**, **se lava**, etc.).

Rafa quiere levanta**rse** a las seis.
Rafa will um sechs aufstehen.
Hoy **me** tengo que acostar temprano.
Heute muss ich früh ins Bett gehen.

In Sätzen mit Modalverb (▶ Nr. 35) und Infinitiv wird das Reflexivpronomen entweder an den Infinitiv angehängt oder es steht vor dem konjugierten Modalverb.

▶

Blanca **no** se levanta a las seis.
*Blanca steht **nicht** um sechs auf.*
No nos queremos duchar hoy.
*Wir wollen heute **nicht** duschen.*

In verneinten Sätzen steht das **no** vor dem Reflexivpronomen.

einfaches Verb	reflexives Verb
ir *gehen, fahren*	irse *weggehen, wegfahren*
dormir *schlafen*	dormirse *einschlafen*
levantar *hochheben*	levantarse *aufstehen*

! Einige Verben verändern ihre Bedeutung, wenn sie reflexiv gebraucht werden.

38 Das Verb saber | El verbo saber

			saber *wissen, können*	
Singular	1.	No	**sé**.	
	2.	¿No	sabes	nadar?
	3.	Mario	sabe	hablar alemán.
Plural	1.	No	sabemos	dónde vives.
	2.	¿Vosotros	sabéis	cantar?
	3.	Ellos no	saben	la dirección.

Das Verb **saber** („wissen“, „können“) ist in der 1. Person Singular unregelmäßig (**sé**).
Saber kann in einem Satz mit oder ohne Infinitiv stehen.

Im Spanischen gibt es zwei Übersetzungen für das deutsche Modalverb „können“: **saber** und **poder**.
Saber drückt aus, dass jemand eine erlernbare Fähigkeit besitzt, z. B. singen, kochen, eine Sprache sprechen, ein Instrument spielen etc.
Poder drückt ganz allgemein aus, dass jemand etwas im Moment (nicht) tun kann.

Im Französischen gibt es dieselbe Unterscheidung zwischen **savoir** und **pouvoir**.

39 Das Verb ver | El verbo ver

		ver *sehen*
Singular	1.	**Veo** una película.
	2.	¿Qué ves?
	3.	Mi primo ve vídeos en Internet.
Plural	1.	¿Vemos un poco de tele?
	2.	¿Veis una serie?
	3.	Por la noche mis abuelos siempre ven la tele.

–¿**Ves** la tele? –No, **veo** vídeos.
*– **Siehst** du fern? – Nein, ich **sehe** Videos.*

Das Verb **ver** („sehen") ist in der 1. Person Singular unregelmäßig (**veo**). Die anderen Formen sind regelmäßig.

! Die 2. Person Plural (**veis**) trägt keinen Akzent.

40 Das Verb jugar | El verbo jugar

			jugar *spielen*	
Singular	1.	Yo	juego	al fútbol.
	2.	Y tú, ¿	juegas	al tenis?
	3.	Mario	juega	al pádel.
Plural	1.	Nosotros	jugamos	a las cartas.
	2.	¿Por qué	jugáis	en casa?
	3.	Los chicos	juegan	con el móvil.

Das Verb **jugar** („spielen") wechselt den Stammvokal **-u-** im Singular und in der 3. Person Plural zu **-ue-**. Es wird so konjugiert und betont wie viele „Stiefelverben", die du bereits kennst, z. B. **poder** und **soñar** (▶ Nr. 34).

¡! Bei Sportarten und Spielen steht **jugar** immer mit der Präposition **a** und dem bestimmten Artikel: **jugar al fútbol, jugar a las cartas.**

Das Verb **jugar** wird für Sportarten und für Spiele im Allgemeinen verwendet.
! Wenn es um ein Instrument geht, übersetzt du „spielen" nicht mit **jugar**, sondern mit **tocar**.

41 Das direkte Objekt bei Personen (a) | El complemento directo con personas (a)

direktes Objekt = Sache	direktes Objekt = Person
¿No ves el libro?	¿No ves **a** Ana?
Siehst du das Buch nicht?	*Siehst du Ana nicht?*
Busco mi móvil.	Busco **a** mi hermana.
Ich suche mein Handy.	*Ich suche meine Schwester.*

G

Das direkte Objekt entspricht fast immer dem deutschen Akkusativobjekt, d. h. du fragst danach mit „Wen oder was?".

Das direkte Objekt wird im Spanischen direkt an das Verb angeschlossen. Wenn das direkte Objekt eine Person ist, muss davor die Präposition **a** stehen.

! Wenn das Objekt eine Sache ist, steht davor kein **a**.

42 Der Relativsatz mit que | La oración relativa con que

Blanca es una chica **que** estudia en mi instituto.
Blanca ist ein Mädchen, ***das*** *auf meine Schule geht.*
Estos son los chicos **que** juegan al pádel con Mario.
Das sind die Jungs, ***die*** *mit Mario Padel spielen.*
¿El texto **que** leéis es interesante?
Ist der Text, ***den*** *ihr lest, interessant?*

Das Relativpronomen **que** entspricht den deutschen Relativpronomen „der", „die", „das" und ist unveränderlich. Es steht sowohl für Personen als auch für Gegenstände und kann sowohl Subjekt als auch Objekt des Relativsatzes sein.

! Im Spanischen steht in der Regel vor **que** kein Komma.

APRENDER MEJOR LA GRAMÁTICA

Grammatik üben

A Denke dir selbst Lückentexte aus. Um z. B. die Verbformen zu üben, schreibst du Sätze aus dem Lehrbuchtext oder aus dem Grammatikheft ab, in denen die Verbformen vorkommen. Anstelle der konjugierten Verben lässt du Lücken und schreibst nur den Infinitiv und das Subjektpronomen in Klammern hinter die Lücken. Beispiel:
Sé tocar el piano. → ... (*saber* / yo) tocar el piano.
Am nächsten Tag setzt du die passenden Verbformen in deinen Lückentext ein und korrigierst dich selbst.

→ Probiere diese Lernstrategie für die Angleichung der Adjektive (Unidad 2A) und die reflexiven Verben (Unidad 3B) aus.
▶ Nr. 16, 37

B Mache schwierige Übungen aus dem Unterricht zuhause noch einmal. Decke dabei die Lösung ab und vergleiche erst am Schluss dein Ergebnis mit den Lösungen aus dem Unterricht.

→ Probiere diese Lernstrategie mit folgenden Übungen aus dem Lehrbuch aus:
– S. 54/6 (Diphthongverben ▶ Nr. 27, 34)
– S. 58/5b (reflexive Verben ▶ Nr. 37)

Evaluación Unidad 3

Hier kannst du überprüfen, was du in der Unidad 3 gelernt hast. Diese Aufgaben kannst du mithilfe des Webcodes **zepiwa** unter www.cornelsen.de/codes herunterladen und ausfüllen.

1 ¿Qué hora es? Contesta en frases completas.

2 En el recreo los alumnos charlan y tienen muchas preguntas. Completa con los pronombres interrogativos ¿qué?, ¿cuál/cuáles?, ¿cuánto/-a?, ¿por qué? y ¿adónde?

1. –¿[...] no vamos al cine? –Porque no tengo tiempo.
2. –¿[...] sois en la clase de Español? –Somos 26.
3. –¿[...] es tu deporte favorito? –El pádel.
4. –¿[...] asignaturas tenéis? –Mmmm, creo que tenemos ocho.
5. –¿[...] vas? –A la biblioteca.
6. –¿[...] día es hoy? –Hoy es lunes.
7. –¿[...] son tus canciones favoritas? –Uf, tengo muchas.
8. –¿[...] deportes haces? –Juego al pádel y nado.

3 ¿Qué hacen los chicos en su tiempo libre? Completa con las formas correctas de los verbos.

1. –Oye, ¿(*saber* / tú) a qué hora empieza la fiesta?
   –No (*saber* / yo) ... Creo que a las siete, ¿no?
2. ¿Rafa (*saber*) jugar al pádel?
3. –¿Por qué no (*ir* / nosotros) al cine hoy?
   –Yo no (*ir*) porque hoy por la noche (*querer* / yo) ver una peli en la tele.
4. A veces (*ver* / yo) un poco la tele después de las clases.
5. Mario, ¡queremos jugar al pádel! ¿(*Jugar* / tú) con nosotros?

4 ¿Qué quieren hacer los chicos? Utiliza los verbos modales querer, tener que, saber, preferir y poder.

1. *Musst du heute lernen? Oder können wir uns verabreden?*
2. *Victoria kann kein Baskisch sprechen.*
3. *Ich will nicht aufstehen!*
4. *Blanca, was willst du lieber machen? Fernsehen oder ins Kino gehen?*
5. *Wollt ihr mit mir in den Park gehen?*
6. *Heute kann ich nicht ins Sportzentrum gehen.*

5 Gramática combinada: Luna de Mérida escribe de su día a día. Completa su blog.

Casi siempre [...] a las siete. Prefiero ducharme por la noche porque por la mañana no [...] tiempo. Desayuno con mi hermano mayor [...] casa. Por la mañana las [...] empiezan a las ocho y [...] a las dos. En el recreo paso tiempo con mi mejor [...] Diego. [...] las clases vuelvo [...] casa y estudio un [...]. A veces [...] el piano y mi hermano canta. A las ocho y media ceno [...] mi familia. [...] a las diez y en la cama [...] cómics o veo películas.

43 Das Verb gustar | El verbo gustar

Me **gusta** Álvaro Soler.
*Mir **gefällt** Álvaro Soler.*
¿Te **gusta** leer?
*Liest du **gerne**?*
Le **gustan** los perros.
*Er/Sie **mag** Hunde.*

Das Verb **gustar** („gefallen“, „etw. mögen“, „etw. gerne tun“) wird im Satz genauso verwendet wie das deutsche Verb „gefallen“:

indirektes Objekt (Wem?)	Prädikat	Subjekt (Wer oder was?)
Mir	gefällt	Fußball.
Me	**gusta**	**el fútbol.**

Oft verwenden wir im Deutschen aber andere Formulierungen, z. B. „Ich mag Fußball.“ oder „Ich spiele gerne Fußball.“

indirektes Objektpronomen		**gustar** *gefallen*	Subjekt
Me	*Mir*	gusta *gefällt*	el fútbol. *Fußball.* Álvaro Soler.
Te	*Dir*		
Le	*Ihr/ihm*		
Nos	*Uns*	gustan *gefallen*	los perros. *Hunde.* las sorpresas. *Überraschungen.*
Os	*Euch*		
Les	*Ihnen*		

Gustar richtet sich nach dem Subjekt, also der Person oder Sache, die jemandem gefällt. In der Regel verwendest du nur zwei Formen: **gusta** und **gustan**. Wenn das Subjekt im Singular steht (z. B. **el fútbol**) oder der Infinitiv eines Verbs ist (z. B. **leer**), verwendest du die 3. Person Singular: **gusta**. Steht das Subjekt im Plural (z. B. **los perros**), verwendest du die 3. Person Plural: **gustan**.
Das indirekte Objektpronomen (**me**, **te**, **le**, ... etc.) vor **gustar** drückt aus, wem die Person oder Sache gefällt.

No me gusta **la película**. / **La película** no me gusta.
*Mir gefällt **der Film** nicht. / **Der Film** gefällt mir nicht.*

Das Subjekt kann auch am Anfang des Satzes stehen; ganz wie im Deutschen.

–¿Os gusta la película?
– Gefällt euch der Film?
–Sí, me gusta **mucho**.
*– Ja, er gefällt mir **sehr**.*
–No, no me gusta **nada**.
*– Nein, er gefällt mir **gar nicht**.*

Mit den Wörtern **mucho** und **nada** kannst du den Ausdruck von Gefallen oder Missfallen verstärken.

Me gustan **los** libros.
Ich mag ø Bücher.
¿Te gusta **el** voleibol?
Magst du ø Volleyball?

! Bei **gustar** steht das Substantiv in der Regel mit dem bestimmten Artikel.

Das ist wie im Französischen:
FRA J'aime **le** volley.
SPA Me gusta **el** voleibol.

A Mario le gusta el pádel.
Mario *spielt gerne Padel.*
A mis amigos les gusta ir al cine.
Meine Freunde *gehen gerne ins Kino.*

Um zu sagen, wem etwas gefällt, stellst du die Präposition **a** vor den Namen bzw. die Personenbezeichnung. Auch in diesem Fall steht zusätzlich das indirekte Objektpronomen.

¡!
Vor **gustar** muss immer ein indirektes Objektpronomen (**me**, **te**, **le**, ... etc.) stehen. Es kann nie entfallen.

44 Die betonten Personalpronomen mit Präposition | Los pronombres personales tónicos con preposición

Du brauchst die betonten Personalpronomen, wenn du besonders betonen willst, von wem die Rede ist. Sie werden häufig zusammen mit dem Verb **gustar** (▶ Nr. 43) gebraucht.
Um ein Personalpronomen zu betonen, stellst du die Präposition **a** davor.

a	**mí** **ti** él/ella nosotros/-as vosotros/-as ellos/ellas

! Nach der Präposition **a** bilden die Personalpronomen in der 1. und 2. Person Singular die Sonderformen **mí** und **ti**.
In den übrigen Personen wird das Subjektpronomen benutzt (▶ Nr. 1).

¡!
mí mit Akzent
ti ohne Akzent

–¿El regalo es **para ella**? –No, es **para ti**. –¿**Para mí**?
*– Ist das Geschenk **für sie**? – Nein, es ist **für dich**. – **Für mich**?*
¿Sabes algo **de él**?
*Weißt du etwas **von ihm**?*
¿Habláis **sobre nosotros**?
*Redet ihr **über uns**?*

Auch nach den Präpositionen **para**, **de**, **sobre** etc. werden die gleichen Personalpronomen verwendet wie nach **a**: **mí**, **ti**, **él/ella**, **nosotros/-as**, **vosotros/-as**, **ellos/ellas**.

4 ¡Feliz cumpleaños!

4A El blog de Rafa

45 Das futuro inmediato (ir a + Infinitiv) | El futuro inmediato (ir a + infinitivo)

		ir a		+ Infinitiv
Singular	1.	**Voy**	**a**	cumplir 15 años.
	2.	**¿Vas**		hacer una fiesta?
	3.	**Va**		ser genial.
Plural	1.	**Vamos**		ir a la fiesta.
	2.	**¿Vais**		decorar la sala?
	3.	**Van**		estar mis amigos.

Um über die nahe Zukunft zu sprechen, verwendest du das **futuro inmediato**. Es wird mit der konjugierten Form des Verbs **ir** (▶ Nr. 31), der Präposition **a** sowie dem Infinitiv eines Verbs gebildet: **ir a** + Infinitiv.

Im Französischen wird das **futur composé** ähnlich gebildet:
FRA Je **vais faire** les devoirs.
SPA **Voy a hacer** los deberes.

Ir a + Infinitiv steht immer zusammen; es kann nichts dazwischen stehen.

No voy a celebrar mi cumpleaños.
*Ich werde meinen Geburtstag **nicht** feiern.*
¿Por qué **no** vas a celebrar tu cumpleaños?
*Warum wirst du deinen Geburtstag **nicht** feiern?*

In der Verneinung steht **no** vor der konjugierten Form von **ir**.

Voy a acostar**me** tarde.
Ich werde spät ins Bett gehen.
¿No **te** vas a duchar?
Wirst du nicht duschen?

Wenn du **ir a** mit einem reflexiven Verb gebrauchst, wird das Reflexivpronomen entweder an den Infinitiv angehängt oder es steht vor der konjugierten Form von **ir**.

46 Estar + Adjektiv | Estar + adjetivo

estar	feliz	*glücklich sein*
	contento/-a	*zufrieden sein*
	nervioso/-a	*nervös sein*
	triste	*traurig sein*
	cansado/-a	*müde sein*
	de buen humor	*gut gelaunt sein*
	de mal humor	*schlecht gelaunt sein*

Adjektive, die einen vorübergehenden Zustand (z. B. Gefühlslagen, Stimmungen oder Befindlichkeiten) ausdrücken, werden mit **estar** statt mit **ser** (▶ Nr. 17) verwendet.

Mia está **muy** nerviosa.
*Mia ist **sehr** aufgeregt.*
Estoy **un poco** triste.
*Ich bin **ein bisschen** traurig.*

Mit den Adverbien **muy** („sehr"), **bastante** („genug"), **un poco** („ein wenig"), **super-** („super-") etc. vor dem Adjektiv kannst du die Gefühlszustände noch genauer ausdrücken.

47 Die Adjektive bueno/-a, malo/-a und die verkürzten Formen buen, mal, gran, primer, tercer | Los adjetivos bueno/-a, malo/-a y las formas acopadas buen, mal, gran, primer, tercer

Rafa es un chico **majo**.
*Rafa ist ein **netter** Junge.*
Ella es una **buena** amiga.
*Sie ist eine **gute** Freundin.*
Tengo **malas** noticias.
*Ich habe **schlechte** Nachrichten.*
Ana es la **primera** novia de Elo.
*Ana ist Elos **erste** Freundin.*
La fiesta es en la **tercera** planta.
*Die Party ist im **dritten** Stock.*

Du weißt schon, dass die Adjektive im Spanischen in der Regel hinter ihrem Bezugswort stehen (▶ Nr. 16).
Einige wenige Adjektive stehen aber meist vor dem Substantiv, auf das sie sich beziehen. Dazu gehören **bueno/-a** („gut") und **malo/-a** („schlecht") sowie die Zahladjektive **primero/-a** („erste/r/-s"), **segundo/-a** („zweite/r/-s"), **tercero/-a** („dritte/r/-s") etc.

	maskulin		feminin	
Singular	un **buen** un **mal** el **primer** el **tercer**	día	una **buena** una **mala** la **primera** la **tercera**	noticia
Plural	**buenos** **malos** los **primeros**	días	**buenas** **malas** las **primeras**	noticias

! Vor einem maskulinen Substantiv im Singular werden die Formen **bueno**, **malo**, **primero** und **tercero** verkürzt. Das **-o** entfällt:
buen~~o~~ → **buen** + Substantiv
mal~~o~~ → **mal** + Substantiv
primer~~o~~ → **primer** + Substantiv
tercer~~o~~ → **tercer** + Substantiv
In allen anderen Fällen bleibt die Endung des Adjektivs erhalten.

Madrid es una ciudad **grande**.
*Madrid ist eine **große** Stadt.*
Madrid es una **gran** ciudad.
*Madrid ist eine **großartige** Stadt.*

Eine Besonderheit stellt das Adjektiv **grande** dar. Wie du schon weißt, bedeutet es normalerweise „groß". Wird es vorangestellt, ändert sich die Bedeutung in „großartig".

	maskulin	feminin
Singular	un **gran** día *ein großartiger Tag*	una **gran** fiesta *eine großartige Party*
Plural	**grandes** días *großartige Tage*	**grandes** fiestas *großartige Partys*

! Sowohl die maskuline als auch die feminine Singularform von **grande** wird bei Voranstellung zu **gran** verkürzt. Die Pluralformen lauten regulär **grandes**.

48 Acabar de + Infinitiv | Acabar de + infinitivo

Um zu sagen, dass jemand gerade etwas getan hat, verwendest du das Verb **acabar de** + Infinitiv.

Im Französischen gibt es eine ähnliche Konstruktion:
FRA **Je viens de faire** les devoirs.
SPA **Acabo de hacer** los deberes.

4B Un regalo perfecto

49 Die Begleiter mucho/-a und poco/-a | Los determinantes mucho/-a y poco/-a

	maskulin		feminin	
Singular	**mucho** *viel* **poco** *wenig*	deporte *Sport*	**mucha** *viel* **poca** *wenig*	música *Musik*
Plural	**muchos** *viele* **pocos** *wenige*	vídeos *Videos*	**muchas** *viele* **pocas** *wenige*	preguntas *Fragen*

Die Indefinitbegleiter **mucho/-a** („viel/e“) **und poco/-a** („wenig/e“) werden wie die Adjektive in Genus und Numerus an das Substantiv angeglichen. Die Endungen lauten **-o**, **-a**, **-os** und **-as**.

Mario hace **mucho** deporte.
*Mario macht **viel** Sport.*
Tenemos **poco** tiempo.
*Wir haben **wenig** Zeit.*

Im Gegensatz zu den Adjektiven stehen die Begleiter vor ihrem Bezugswort.

Mi primo habla **mucho**.
*Mein Cousin spricht **viel**.*
Tu bicicleta me gusta **mucho**.
*Dein Fahrrad gefällt mir **sehr**.*

! Das unveränderliche Adverb **mucho** bedeutet „viel“ oder „sehr“ und steht hinter dem Verb.

50 Das indirekte Objekt und die indirekten Objektpronomen | El complemento indirecto y los pronombres de complemento indirecto

–¿**A quién** escribes? –Escribo un mensaje **a mis padres**.
*– **Wem** schreibst du? – Ich schreibe **meinen Eltern** eine Nachricht.*

Das indirekte Objekt entspricht fast immer dem deutschen Dativobjekt, d. h. du fragst danach mit „Wem?“.

Das indirekte Objekt steht mit der Präposition **a**.

¿Por qué no preguntas **a tu profesora**?
*Warum fragst du nicht **deine Lehrerin**?*
¿Por qué no le pides ayuda **a tu amigo**?
*Warum bittest du nicht **deinen Freund** um Hilfe?*

! Ausnahmen sind die Verben **preguntar** („fragen") und **pedir** („bitten"). Sie werden im Spanischen mit dem indirekten Objekt („Wem?") gebraucht und nicht – wie im Deutschen – mit dem Akkusativobjekt („Wen oder was?").

Singular	1.	Rafa	**me**	escribe.
	2.	Después	**te**	doy el libro.
	3.	¿Qué	**le**	regalamos?
Plural	1.	¿Cuándo	**nos**	escribes?
	2.	¿La peli	**os**	gusta?
	3.	Blanca	**les**	da un beso.

Die indirekten Objektpronomen kennst du schon vom Gebrauch mit **gustar** (▶ Nr. 43). Sie lauten **me**, **te**, **le**, **nos**, **os**, **les**. Sie entsprechen dem deutschen „mir", „dir", „ihr"/„ihm", „uns", „euch", „ihnen".

Merke dir: Die indirekten Objektpronomen sind außer in der 3. Person Singular und Plural identisch mit den Reflexivpronomen (▶ Nr. 37).

¿Qué **le** escribes?
*Was schreibst du **ihm/ihr**?*

! Die Formen **le** („ihm", „ihr") und **les** („ihnen") stehen sowohl für maskuline als auch feminine indirekte Objekte.

Die Objektpronomen stehen im Spanischen vor dem konjugierten Verb.

Te voy a regalar algo.
*Ich werde **dir** etwas schenken.*
¿Me puedes dar el libro, por favor?
*Kannst du **mir** bitte das Buch geben?*

In Sätzen mit einem Modalverb (▶ Nr. 35) und Infinitiv oder **ir a** + Infinitiv (▶ Nr. 45) steht das Objektpronomen vor dem konjugierten Verb.

Hoy **no** os puedo escribir.
*Heute kann ich euch **nicht** schreiben.*

In der Verneinung steht **no** vor dem Objektpronomen.

Le escribo **a mi amiga**.
*Ich schreibe **meiner Freundin**.*
¿Qué **le** regalamos **a Rafa**?
*Was schenken wir **Rafa**?*

Im Spanischen wird das indirekte Objekt oft durch ein Pronomen verdoppelt. Das heißt, man verwendet das Objektpronomen (z. B. **le**) und das Objekt (z. B. **a mi amiga**) im selben Satz.

51 Das Verb dar | El verbo dar

			dar *geben*	
Singular	1.	Te	**doy**	un toque.
	2.	¿Me	das	tus deberes?
	3.	Le	da	un regalo a su madre.
Plural	1.	Os	damos	la dirección del club.
	2.	¿Me	dais	los cuadernos, por favor?
	3.	Nos	dan	el número de teléfono.

Das Verb **dar** („geben") ist in der 1. Person Singular unregelmäßig.

! Die 2. Person Plural (**dais**) trägt keinen Akzent.

52 Das Verb venir | El verbo venir

			venir *kommen*	
Singular	1.		Vengo	del instituto.
	2.	¿De dónde	vienes	?
	3.	Victoria	viene	de Madrid.
Plural	1.	Nosotros	venimos	de Alemania.
	2.	¿	Venís	a mi fiesta?
	3.	Ana y Luna	vienen	también.

Das Verb **venir** („kommen") hat eine unregelmäßige 1. Person Singular mit **-g-**. Das kennst du schon von den Verben **tener**, **hacer** und **poner** (▶ Nr. 11, 14, 25).
Die übrigen Formen werden wie die Diphthongverben mit Stammvokalwechsel **e** → **ie** konjugiert (▶ Nr. 27).

APRENDER MEJOR LA GRAMÁTICA

Grammatik wiederholen (1)

Wiederhole zur Vorbereitung einer Klassenarbeit rechtzeitig jeden Tag ein Grammatikkapitel. Lies dir dazu die Beispiele und Regeln aus dem Grammatikheft sorgfältig durch und mache die passenden Übungen noch einmal. Hier findest du Übungen mit Lösungen, sodass du dich selbständig kontrollieren kannst:

- Evaluación (Grammatikheft)
- Teste deine Grammatikkenntnisse (Schülerbuch)
- Autocontrol (Cuaderno de ejercicios)

→ Mache folgende Übungen aus den Lektionen 1–3 noch einmal:

- **Reflexive Verben:** Grammatikheft, S. 29/5; Schülerbuch, S. 62/2; Cuaderno, S. 48/7
- **Gebrauch von *ser*, *estar* und *hay*:** Grammatikheft, S. 20/5; Cuaderno, S. 31/4
- **Possessivbegleiter:** Grammatikheft, S. 20/1; Schülerbuch, S. 41/2; Cuaderno, S. 23/4
- **Fragewörter:** Grammatikheft, S. 13/5; Schülerbuch, S. 23/4 und S. 62/4; Cuaderno, S. 35/3

Evaluación Unidad 4

Hier kannst du überprüfen, was du in der Unidad 4 gelernt hast. Diese Aufgaben kannst du mithilfe des Webcodes **zepiwa** unter www.cornelsen.de/codes herunterladen und ausfüllen.

1 ¿Qué te gusta hacer? Formula frases con el verbo gustar.

1. ¿a ti / jugar al fútbol?
2. ¿a vosotros / el teatro?
3. a ellos / mucho / la fiesta
4. ¿a ella / los deportes?
5. a nosotros / nada / la película
6. a mí / las películas divertidas
7. a él / bastante / tocar el piano
8. a ellas / no / ir al cine

2 ¿Qué van a hacer las personas el sábado? Formula frases y preguntas con ir a + infinitivo.

Yo / con mi familia

¿Tú?

Mi hermana

Nosotros

¿Vosotros?

Victoria y Mario

3 Completa las noticias con una forma de bueno/-a ☺ o malo/-a ☹.

1. Un día aburrido es un ☺ día para estudiar.
2. Mario casi siempre saca ☹ notas en Mates.
3. –¿Qué te pasa? ¿Por qué estás de ☹ humor?
   –Porque no puedo ir a la fiesta de cumpleaños de un ☺ amigo.
4. Oye, tengo ☺ noticias. ¡Mañana no hay clases!
5. ¿Ir al cine? ¡Qué ☹ idea! No tengo ganas.
6. La profesora Marta no tiene ☹ alumnos. Todos son ☺ alumnos.

4 Los chicos piensan en sus familias y en sus amigos. Sustituye el complemento indirecto subrayado por un pronombre de complemento indirecto.

1. Voy a mandar las fotos a mis amigos.
2. ¿Por qué no preguntas a tu profesora?
3. Acabo de comprar un regalo a Victoria.
4. ¿Por qué no das el regalo a tus padres?
5. ¿Qué vamos a regalar a Rafa?
6. Voy a escribir a mis abuelos mañana.

5 Blanca le escribe un mensaje a Victoria. Corrige los errores.

Hola, Victoria: ¿Qué tal? Mario y yo van al polideportivo por la tarde. ¿Venís con nosotros? Vamos a jugar el pádel. Daniel, el amigo de Mario vengo también. Los dos tienen que entrenar porque tienen un partido la fin de semana. Daniel es muy deportisto y juega muy bien al pádel. Además, es muy maja y gracioso. Él y yo hablamos de nuestras cómics favoritas. Voy a tu casa a las tres de la tarde. Te das un toque, ¿vale? Beso, Blanca P.D. ¿Me dan tus deberes de Matemáticas?

53 Demonstrativbegleiter und -pronomen (este, ese) | Los determinantes y los pronombres demostrativos (este, ese)

	maskulin	feminin
Singular	este/ese (chico)	esta/esa (chica)
Plural	estos/esos (chicos)	estas/esas (chicas)

Demonstrativbegleiter = hinweisendes Fürwort („diese", „dieser", „dieses")

Este/-a und **ese/-a** werden wie ein Adjektiv (▶ Nr. 16) an ihr Bezugswort angeglichen.
! Die maskulinen Singularformen enden nicht auf **-o**, sondern auf **-e**.

–¿Te gusta **esta** camiseta?
*– Gefällt dir **dieses** T-Shirt?*

–¿Cuál? ¿**Esta**?
*– Welches? **Dieses** hier?*

Este/-a und **ese/-a** können als Begleiter oder als Pronomen verwendet werden. D. h. sie können zusammen mit einem Substantiv oder alleine stehen.

–¿Te gustan **estos** jerseys?
*– Gefallen dir **diese** Pullis (hier)?*
–**Estos** no. Pero **esos** son chulos.
*– **Diese** (hier) nicht. Aber **die** (da drüben) sind cool.*

Im Spanischen wird genauer als im Deutschen unterschieden, wie weit der entsprechende Gegenstand oder die Person von der Sprecherin bzw. vom Sprecher entfernt ist:
Um auf Personen oder Gegenstände in der direkten Umgebung des Sprechers zu verweisen, verwendet man **este/esta** („diese/r/-s hier"). Für etwas weiter entfernte Gegenstände oder Personen verwendet man **ese/esa** („der/die/das da drüben").

Diese Unterscheidung gibt es auch im Englischen:

ENG	**this** girl	**that** girl
SPA	**esta** chica	**esa** chica

¡Acércate!

54 Der bejahte Imperativ | El imperativo afirmativo

Infinitiv	tú	vosotros/-as
hablar comer abrir	¡habla! ¡come! ¡abre!	¡hablad! ¡comed! ¡abrid!
cerrar (e → ie) dormir (o → ue)	¡cierra! ¡duerme!	¡cerrad! ¡dormid!

G Imperativ = Befehlsform, Aufforderung

Der Imperativ der 2. Person Singular (**tú**) wird gebildet, indem man das Endungs-**s** entfallen lässt:

[tú] hablas → ¡habla!

Den Imperativ der 2. Person Plural (**vosotros/-as**) bildest du, indem du das Endungs-**r** des Infinitivs durch ein **-d** ersetzt:

hablar → ¡hablad!

Bei den Singularformen wird der Stammvokal betont; bei den Pluralformen die letzte Silbe. Die betonten Vokale sind in der Tabelle links unterstrichen.

¡! Denke beim Imperativ mit **tú** an den Stammvokalwechsel bei den entsprechenden Verben.

hacer:	**Haz** los deberes.	***Mach** die Hausaufgaben.*
tener:	**Ten** cuidado.	*Pass auf.*
venir:	**Ven** aquí.	***Komm** her.*
ir:	**Ve** a casa.	***Geh** nach Hause.*
poner:	**Pon** el libro ahí.	***Leg** das Buch da hin.*
salir:	**Sal** a la calle.	***Geh** raus auf die Straße.*
ser:	**Sé** simpática con él.	***Sei** nett zu ihm.*
decir:	**Di** la verdad.	***Sag** die Wahrheit.*

! Die Imperativformen der Verben **hacer** („machen"), **tener** („haben"), **venir** („kommen"), **ir** („gehen"), **poner** („setzen", „stellen", „legen"), **salir** („ausgehen", „hinausgehen"), **ser** („sein") und **decir** („sagen") sind im Singular unregelmäßig.
Die Pluralformen werden regelmäßig gebildet.

55 Das Verb conocer | El verbo conocer

		conocer *kennen, kennenlernen*
Singular	1. 2. 3.	Conozco muchas películas. ¿Ya conoces a mi hermano mayor? Mi amigo conoce a mis padres.
Plural	1. 2. 3.	Todavía no conocemos a tu profesora. ¿Conocéis Madrid? Mis padres conocen Madrid.

Das Verb **conocer** („kennen", „kennenlernen") ist in der 1. Person Singular unregelmäßig. Es gehört zu einer Gruppe von Verben, bei denen das **-c-** des Infinitivs in der 1. Person Singular zu **-zc-** wird.

–Todavía no **conocemos** a tu novia.
*– Wir **kennen** deine Freundin noch nicht.*
–Queremos **conocer** a tu novia.
*– Wir möchten deine Freundin **kennenlernen**.*

Je nach Kontext kann **conocer** entweder „kennen" oder „kennenlernen" bedeuten.

5A Una carrera solidaria

56 Die direkten Objektpronomen | Los pronombres de complemento directo

–¿Conoces a **Mario**? –Sí, **lo** conozco.
*– Kennst du **Mario**? – Ja, ich kenne **ihn**.*

Du kennst schon das direkte Objekt bei Personen und Sachen (▶ Nr. 41). Es entspricht meistens dem deutschen Akkusativobjekt, d. h. du fragst danach mit „Wen oder was?".

–¿Escuchas a tu profesora? –Sí, **la** escucho.
*– Hörst du deiner Lehrerin zu? – Ja, ich höre **ihr** zu.*
–¿Puedes ayudar a Rafa? –Claro, **lo** ayudo.
*– Kannst du Rafa helfen? – Klar, ich helfe **ihm**.*

! Ausnahmen sind die Verben **ayudar** („helfen") und **escuchar** („zuhören"). Sie verlangen im Spanischen ein direktes Objekt („Wen oder was?"). Im Deutschen stehen sie dagegen mit dem indirekten Objekt bzw. Dativ („Wem?").

Rafa	**me**	conoce.
	te	ve.
	lo/la	tiene.
	nos	escucha.
	os	busca.
	los/las	mira.

Die direkten Objektpronomen lauten **me**, **te**, **lo/la**, **nos**, **os**, **los/las**. Sie entsprechen dem deutschen „mich", „dich", „ihn"/„sie", „uns", „euch", „sie".

Merke dir: Die direkten Objektpronomen unterscheiden sich nur in der 3. Person Singular und Plural von den indirekten Objektpronomen (▶ Nr. 50).

Ese chico de ahí es Rafa. ¿**Lo** ves?
*Der Junge dort ist Rafa. Siehst du **ihn**?*
–Conoces a Blanca y Victoria? –No, no **las** conozco.
*– Kennst du Blanca und Victoria? – Nein, ich kenne **sie** nicht.*

Die Objektpronomen **lo** und **los** stehen für maskuline direkte Objekte; **la** und **las** für feminine direkte Objekte.

No **te** conozco.
*Ich kenne **dich** nicht.*
Os podemos ayudar.
*Wir können **euch** helfen.*
¿Dónde están los dorsales? **Los** voy a necesitar ahora.
*Wo sind die Startnummern? Ich werde **sie** gleich brauchen.*

Die direkten Objektpronomen stehen in der Regel vor dem konjugierten Verb.
Das ist genauso wie bei den indirekten Objektpronomen (▶ Nr. 50) und den Reflexivpronomen (▶ Nr. 37).

57 Das Verb **decir** | El verbo **decir**

		decir *sagen*
Singular	1.	digo
	2.	dices
	3.	dice
Plural	1.	decimos
	2.	decís
	3.	dicen

Das Verb **decir** („sagen") ist unregelmäßig:
- In der 1. Person Singular steht ein **-g-** zwischen Verbstamm und Endung.
- Das **-e-** im Verbstamm wird im Singular und in der 3. Person Plural zu **-i-**.
- Die Endungen sind aber regelmäßig und entsprechen denen der anderen Verben auf **-ir** (▶ Nr. 9).
- Auch die Betonung ist regelmäßig (▶ Nr. 7, 27).

–¡**Di** la verdad!
– ***Sag*** *die Wahrheit!*
–Pero te estoy **diciendo** la verdad...
– *Aber ich **sage** dir doch **(gerade)** die Wahrheit ...*

! Das Verb **decir** ist auch in der Verlaufsform (**gerundio**) und im Imperativ Singular (**tú**) unregelmäßig.
Der Imperativ Plural (**vosotros/-as**) ist aber regelmäßig: **¡decid!**

58 Die indirekte Rede im Präsens | El estilo indirecto en presente

direkte Rede	indirekte Rede
Blanca: «Me gusta correr.» *„Ich laufe gerne."*	Blanca **dice que** le gusta correr. *Blanca **sagt, dass** sie gerne läuft.*
Victoria y Rafa: «Nuestra profesora Paula organiza la carrera.» *„Unsere Lehrerin Paula organisiert den Lauf."*	Victoria y Rafa **explican que** su profesora Paula organiza la carrera. *Victoria und Rafa **erklären, dass** ihre Lehrerin Paula den Lauf organisiert.*
Rafa: «Voy a correr con mis amigos.» *„Ich werde mit meinen Freunden laufen."*	Rafa **cuenta que** va a correr con sus amigos. *Rafa **erzählt, dass** er mit seinen Freunden laufen wird.*

Die indirekte Rede wird verwendet, um wiederzugeben, was jemand gesagt oder geschrieben hat. Sie wird mit einem Verb des Sagens, Denkens oder Schreibens und der Konjunktion **que** eingeleitet, z. B.:

decir	*sagen*		
contar	*erzählen*		
explicar	*erklären*	**que**	[...].
pensar	*denken*	*dass*	
creer	*glauben*		
escribir	*schreiben*		

Verben, Pronomen und Begleiter müssen wie im Deutschen an die veränderte Sprecherperspektive angepasst werden.

Victoria dice **que** ganar no es importante.
*Victoria sagt, **dass** es nicht wichtig sei zu gewinnen. /*
Victoria sagt, ø es sei nicht wichtig zu gewinnen.

! Anders als im Deutschen kann die Konjunktion **que** nicht weggelassen werden. Vor **que** steht kein Komma.

59 Die indirekte Frage im Präsens | La pregunta indirecta en presente

direkte Frage	indirekte Frage
La profesora: «¿**Cuándo** termina la clase?» *„**Wann** endet der Unterricht?"*	La profesora **pregunta cuándo** termina la clase. *Die Lehrerin **fragt**, **wann** der Unterricht endet.*
Victoria: «¿**Dónde** está Rafa?» *„**Wo** ist Rafa?"*	Victoria **quiere saber dónde** está Rafa. *Victoria will **wissen**, **wo** Rafa ist.*
Blanca: «¿Vas a participar en la carrera?» *„Nimmst du an dem Lauf teil?"*	Blanca **pregunta si** voy a participar en la carrera. *Blanca **fragt**, **ob** ich an dem Lauf teilnehme.*

Um wiederzugeben, was jemand gefragt hat, verwendest du z. B. folgende Verben und Fragewörter:

preguntar *fragen* **querer saber** *wissen wollen*	**cuándo**	*wann*	[...].
	por qué	*warum*	
	quién	*wer*	
	qué	*was*	
	dónde	*wo*	
	cómo	*wie*	
	si	*ob*	

Auch hier müssen Verben, Pronomen und Begleiter an die veränderte Sprecherperspektive angepasst werden.

5B Preparados, listos, ¡ya!

60 Die Verlaufsform (estar + gerundio) | Estar + gerundio

Mit der Verlaufsform drückst du aus, was jemand gerade tut.

> Die Verlaufsform kennst du aus dem Englischen: das **present progressive**.
> ENG What **are** you **doing**?
> SPA ¿Qué **estás haciendo**?

estar	gerundio
estoy estás está estamos estáis están	habl**ando** com**iendo** escrib**iendo**

Die Verlaufsform wird mit einer konjugierten Form von **estar** und dem **gerundio** gebildet.
Das **gerundio** bildet man folgendermaßen:
– Verben auf **-ar**: Verbstamm + **-ando**
– Verben auf **-er**/**-ir**: Verbstamm + **-iendo**

> Die **gerundio**-Form ist unveränderlich.

¿Qué estás **leyendo**?
*Was **liest** du **gerade**?*
Estoy **yendo** a casa.
*Ich **gehe gerade** nach Hause.*

! Verben auf **-er** und **-ir**, deren Stamm auf einen Vokal endet (z. B. **leer**, **creer**) bilden das **gerundio** mit der Endung **-yendo**.
Das **gerundio** des Verbs **ir** lautet **yendo**.

Rafa todavía **está durmiendo**.
*Rafa **schläft (im Moment)** noch.*
Blanca dice que **está viniendo**.
*Blanca sagt, sie **kommt gerade** her. /*
Blanca sagt, sie ist hierher unterwegs.

! Bei allen Verben mit Stammvokalwechsel, die im Infinitiv auf **-ir** enden, ändert sich auch im **gerundio** der Stammvokal, und zwar von **-e-** zu **-i-** bzw. von **-o-** zu **-u-**:
dormir → **durmiendo**
venir → **viniendo**
preferir → **prefiriendo**

Lerne diese Formen am besten auswendig.

Me estoy poniendo los zapatos.
*Ich ziehe **mir** gerade die Schuhe an.*
–¿Dónde están los dorsales? –No sé, **los** estamos buscando.
*– Wo sind die Startnummern? – Ich weiß nicht, wir suchen **sie** gerade.*

Auch in der Verlaufsform stehen Reflexiv- und Objektpronomen vor dem konjugierten Verb, d. h. vor der konjugierten Form von **estar**.

61 Der Imperativ der reflexiven Verben | El imperativo de los verbos reflexivos

Infinitiv	tú	vosotros/-as
levantarse	¡levánta**te**!	¡levanta**os**!
acostarse	¡acuésta**te**!	¡acosta**os**!
ponerse	¡pon**te**!	¡pone**os**!
dormirse	¡duérme**te**!	¡dormí**os**!

Du weißt schon, wie man die Befehlsform der einfachen Verben bildet (▶ Nr. 54).
Beim Imperativ der reflexiven Verben werden die Reflexivpronomen **te** bzw. **os** an die Imperativform des Verbs angehängt. In der 2. Person Plural (**vosotros/-as**) entfällt dabei das **-d**:
ducha~~r~~ + os → **¡duchaos!**
In der Tabelle links sind die betonten Vokale unterstrichen.

Bei reflexiven Verben tragen alle Imperativformen im Singular (**tú**) mit mehr als zwei Silben einen Akzent auf der drittletzten Silbe.

! Eine Ausnahme bildet das reflexive Verb **irse**. Hier bleibt im Imperativ Plural das **-d-** erhalten.

62 Die Verben mit Stammvokalwechsel e → i | Los verbos con cambio de vocal e → i

		pedir *bitten*	**repetir** *wiederholen*	**seguir** *weitergehen*
Singular	1.	pido	repito	sigo
	2.	pides	repites	sigues
	3.	pide	repite	sigue
Plural	1.	pedimos	repetimos	seguimos
	2.	pedís	repetís	seguís
	3.	piden	repiten	siguen

Du kennst schon die Diphthongverben bzw. „Stiefelverben" mit Stammvokalwechsel **e → ie** und **o → ue** (▶ Nr. 27, 34). Eine dritte Gruppe von Verben wechselt den Stammvokal im Singular und in der 3. Person Plural von **-e-** zu **-i-**. Zu dieser Gruppe zählen z. B. **pedir** („bitten"), **repetir** („wiederholen") und **seguir** („weitergehen"). Auch **decir** („sagen") gehört zu dieser Gruppe, allerdings ist hier die 1. Person Singular unregelmäßig (**digo**) (▶ Nr. 57).

pedir: estar + **pidiendo**
repetir: estar + **repitiendo**
seguir: estar + **siguiendo**
decir: estar + **diciendo**

! Alle Verben dieser Gruppe wechseln auch im **gerundio** (▶ Nr. 60) den Stammvokal von -e- zu -i-.

Lerne diese Formen am besten auswendig.

APRENDER MEJOR LA GRAMÁTICA

Grammatik wiederholen (2)

Wähle eine grammatische Struktur aus einer früheren Lektion aus, die du wiederholen möchtest. Suche Beispiele für diese grammatische Struktur in einem der Lektionstexte der Unidad 5 und erkläre sie.

➜ Suche Beispiele für das Verb **gustar** im Lektionstext 5A und erkläre die Bedeutung und wie es verwendet wird. Überprüfe dein Wissen mithilfe von ▶ Nr. 43 selbst.

Evaluación Unidad 5

Hier kannst du überprüfen, was du in der Unidad 5 gelernt hast. Diese Aufgaben kannst du mithilfe des Webcodes **zepiwa** unter www.cornelsen.de/codes herunterladen und ausfüllen.

1 Rafa tiene que hacer muchas cosas. Utiliza el imperativo como en el ejemplo.

Ejemplo: Te tienes que levantar. → Levántate.

1. ¿Puedes leer el texto, por favor?
2. ¡Tienes que correr!
3. Tenéis que tener cuidado.
4. ¿Por qué no participáis en nuestro proyecto?
5. Te tienes que ir a la cama ya.
6. ¿Por qué no escribís el mensaje ahora?
7. ¿Puedes cerrar la puerta, por favor?
8. Tienes que dormir.
9. ¿Puedes venir aquí, por favor?
10. Tienes que hacer tus deberes.
11. Tienes que ir al instituto.
12. Os tenéis que acostar.

2 Victoria y Mario ayudan a un amigo a poner los muebles en un lugar nuevo en la habitación. Completa las frases con los pronombres de complemento directo como en el ejemplo.

Ejemplo: –¿Qué vas a hacer con la cama? –La voy a poner debajo de la ventana.

1. –¿Adónde vas a poner el escritorio? –[...] pongo debajo de la otra ventana.
2. –¿Adónde pongo la silla? –[...] puedes poner delante del escritorio, por favor.
3. –¿Qué hacemos con las estanterías? –[...] podéis poner entre la cama y el escritorio.
4. –¿Y los libros? –[...] podéis poner en las estanterías.
5. –¿Y adónde ponemos el armario? –Hm, ¿por qué no [...] ponemos al lado de la cama?

3 La profesora de Educación Física habla con los participantes antes de la carrera solidaria. Transforma las frases en estilo indirecto como en el ejemplo. Utiliza los verbos decir y preguntar.

Ejemplo: Mario: «Hago mucho deporte.» → Mario dice que hace mucho deporte.

1. Paula: «¿Quiénes van a participar en la carrera?»
2. Blanca: «Mi madre y yo vamos a participar.»
3. Los otros profesores: «Nosotros también vamos a correr.»
4. Victoria: «Muchas familias de mi barrio tienen problemas económicos.»
5. Paula: «Estoy muy contenta con el número de inscripciones.»
6. Sonia: «Todos vamos a llevar dorsales.»

4 ¿Qué están haciendo las personas antes de la carrera? Utiliza estar + gerundio.

1. Victoria / *ponerse* el dorsal
2. Rafa / *dormir* todavía
3. Blanca / *llamar* a Rafa
4. Mario / *pedir* ayuda
5. Paula / *buscar* a sus alumnos
6. Sonia y Ana / *comer* un bocadillo

5 Gramática combinada: Lucía, la hermana menor de Blanca, llama a Blanca y le pregunta por el camino a la salida de la carrera. Completa la llamada.

Lucía: Hola, Blanca. Tengo un problema, estoy en la calle de Tristana y [...] cortada. ¿Cómo [...] a la salida?
Blanca: Mira, te explico: sigue todo recto hasta la Plaza del Cine, después [...] la primera calle a la derecha. [...] todo recto y coge la segunda [...] a la izquierda.
Lucía: A ver, repito: sigo [...] hasta la plaza, después cojo la primera calle a la derecha. Sigo todo recto y [...] la segunda calle a la derecha.
Blanca: No, al final [...] la segunda calle a la izquierda. [...] ayuda a un voluntario si [...] problemas.

6A El diario de Julio

63 Das pretérito indefinido der regelmäßigen Verben | El pretérito indefinido de los verbos regulares

		viajar *reisen*	**comer** *essen*	**salir** *hinausgehen*
Singular	1.	viajé	comí	salí
	2.	viajaste	comiste	saliste
	3.	viajó	comió	salió
Plural	1.	viajamos	comimos	salimos
	2.	viajasteis	comisteis	salisteis
	3.	viajaron	comieron	salieron

Das **pretérito indefinido** ist die meistverwendete Vergangenheitszeit des Spanischen. Im Deutschen wird es entweder mit dem Präteritum oder mit dem Perfekt wiedergegeben.

– Die Endungen der Verben auf **-ar** (▶ Nr. 7) lauten: **-é**, **-aste**, **-ó**, **-amos**, **-asteis**, **-aron**.
– Die Endungen der Verben auf **-er** und **-ir** (▶ Nr. 9) lauten: **-í**, **-iste**, **-ió**, **-imos**, **-isteis**, **-ieron**.

Alle regelmäßig gebildeten Formen werden auf den Endungen betont. Die betonten Vokale sind in der Tabelle links unterstrichen.

Sprich die Formen beim Lernen laut aus.

Achte beim Schreiben auf die Akzente der 1. und 3. Person Singular.

Viajo mucho.
***Ich reise** viel.*
Viajó mucho.
***Er/Sie reiste** viel.*

Bei den Verben auf **-ar** unterscheidet sich die 3. Person Singular im **pretérito indefinido** nur durch den Akzent von der 1. Person Singular im Präsens.

Ayer te **vi**.
***Ich habe** dich gestern **gesehen**.*
Rafa también te **vio**.
*Rafa **hat** dich auch **gesehen**.*

! Einsilbige Formen (z. B. des Verbes **ver**) tragen im **pretérito indefinido** keinen Akzent.

		llegar *ankommen*	**buscar** *suchen*	**empezar** *anfangen*
Singular	1.	llegué	busqué	empecé
	2.	llegaste	buscaste	empezaste
	3.	llegó	buscó	empezó
Plural	1.	llegamos	buscamos	empezamos
	2.	llegasteis	buscasteis	empezasteis
	3.	llegaron	buscaron	empezaron

! Bei allen Verben, die im Infinitiv auf **-gar**, **-car** und **-zar** enden, ändert sich in der 1. Person Singular des **pretérito indefinido** die Schreibweise, um der Aussprache gerecht zu werden:

– Verben auf **-gar**: Das **-g-** wird zu **-gu-**.
– Verben auf **-car**: Das **-c-** wird zu **-qu-**.
– Verben auf **-zar**: Das **-z-** wird zu **-c-**.

Diese orthographische Besonderheit betrifft nur die 1. Person Singular. Bei allen anderen Formen ändert sich die Schreibweise nicht.

El viernes pasado por fin **llegamos** a México.
*Letzten Freitag **sind wir** endlich in Mexiko **angekommen**.*
Ayer Rafa **comió** muchas quesadillas.
*Gestern **hat** Rafa viele Quesadillas **gegessen**.*
Anteayer **paseamos** por Xochimilco.
*Gestern **waren wir** in Xochimilco **spazieren**.*
Hace dos días **conocí** a una chica maja.
*Vor zwei Tagen **habe ich** ein nettes Mädchen **kennengelernt**.*

Das **pretérito indefinido** steht nach konkreten Zeitangaben der Vergangenheit wie **ayer**, **anteayer**, **hace dos días/semanas/...**, **el lunes pasado**, **el viernes por la tarde** etc.

Primero Julio y Rafa **visitaron** el centro.
*Zuerst **besuchten** Julio und Rafa das Zentrum.*
Despúes **comieron** en un restaurante.
*Danach **aßen** sie in einem Restaurant.*
Luego **fueron** a Coyoacán.
*Dann **fuhren** sie nach Coyoacán.*
De repente **empezó** a llover.
*Plötzlich **fing es an** zu regnen.*

Das **pretérito indefinido** steht auch oft nach den Zeitadverbien **primero** („zuerst"), **después** („danach"), **luego** („dann"), **de repente** („plötzlich"), **entonces** („dann", „also") und **al final** („am Ende", „schließlich").

Lerne die „Auslöser" des **indefinido** am besten auswendig.

64 Das pretérito indefinido der Verben ser und ir | El pretérito indefinido de los verbos ser e ir

		ser/ir *sein/gehen, fahren*
Singular	1.	fui
	2.	fuiste
	3.	fue
Plural	1.	fuimos
	2.	fuisteis
	3.	fueron

Die Verben **ser** („sein") (▶ Nr. 4) und **ir** („gehen", „fahren") (▶ Nr. 31) haben im **pretérito indefinido** dieselben Formen. Alle Formen sind unregelmäßig.

Die Formen sind den lateinischen Perfekt-Aktiv-Formen von **esse** („sein") sehr ähnlich:
LAT fui, fuisti, fuit, fuimos, fuistis, fuerunt

Ayer Rafa **fue** a Xochimilco. ¡**Fue** genial!
*Gestern **ist** Rafa nach Xochimilco **gefahren**. **Es war** genial!*

Ob **ser** („sein") oder **ir** („gehen", „fahren") gemeint ist, lässt sich nur aus dem Zusammenhang erschließen.

65 Die Präpositionen desde, desde hace und hace | Las preposiciones desde, desde hace y hace

Desde agosto estudio español.
Seit *August lerne ich Spanisch.*
Desde hace una semana estoy enfermo.
Seit *einer Woche bin ich krank.*
Las vacaciones empezaron **hace** un mes.
Die Ferien haben ***vor*** *einem Monat begonnen.*

Die Präposition **desde** bedeutet „seit" und bezieht sich auf einen Zeitpunkt.
Die Präposition **desde hace** bedeutet ebenfalls „seit" und bezieht sich auf einen Zeitraum.
Die Präposition **hace** bedeutet „vor". Sie wird immer mit einer Zeitangabe verwendet.

66 Der Temporalsatz mit cuando | La oración temporal con cuando

Cuando estoy en mi habitación escucho música.
Wenn *ich in meinem Zimmer bin, höre ich Musik.*

Du kennst bereits die Konjunktion **cuando** („(immer) wenn") in einem Satz im Präsens.

Cuando llegué a casa, descansé.
Als *ich zuhause ankam, ruhte ich mich aus.*
Subí a la Torre Latino **cuando** visité el centro.
Ich habe den Torre Latino bestiegen, ***als*** *ich das Zentrum besucht habe.*

In einem Satz im **pretérito indefinido** bedeutet **cuando** „als".
Der temporale Nebensatz kann – ganz wie im Deutschen – vor oder nach dem Hauptsatz stehen.

67 Die Indefinitpronomen | Los pronombres indefinidos

–¿Tomamos **algo** en la cafetería? –Sí, claro.
–Trinken wir ***etwas*** *in der Cafeteria? –Ja, klar.*
¿Hay **alguien** aquí? *Ist da* ***jemand****?*

Das Indefinitpronomen **algo** („etwas") ersetzt eine Sache und **alguien** („jemand") eine Person.

En la clase de Mates **nunca** pongo atención.
Im Matheunterricht passe ich ***nie*** *auf.*
–¿Qué estás haciendo? –**Nada**.
– Was machst du gerade? – ***Nichts****.*
–¿Qué te pasó? –**Nada** grave.
– Was ist dir passiert? – ***Nichts*** *Schlimmes.*
¿Por qué **nadie** me ayuda?
Warum hilft mir ***niemand****?*

Die Indefinitpronomen **nunca** („nie"), **nada** („nichts") und **nadie** („niemand") können zur Verneinung verwendet werden.
Sie können alleine, vor einem Verb oder vor einem Adjektiv stehen.

68 Antes de / Después de + Infinitiv | Antes de / Después de + infinitivo

Antes de <u>ir</u> a casa voy a comer algo.
Bevor *ich nach Hause* <u>*gehe*</u>*, werde ich etwas essen.*
Después de <u>descansar</u> fuimos a bailar.
Nachdem *wir* <u>*uns ausgeruht hatten*</u>*, gingen wir tanzen.*

Ein Temporalsatz kann im Spanischen mit **antes de** („bevor") bzw. **después de** („nachdem") eingeleitet werden, wenn das Subjekt in Haupt- und Nebensatz dasselbe ist. Anders als im Deutschen steht nach diesen Konjunktionen ein Infinitiv.

6B México es otro mundo

69 Das pretérito indefinido der Verben decir, estar, hacer, poder, poner, tener | El pretérito indefinido de los verbos decir, estar, hacer, poder, poner, tener

		estar *sein, sich befinden*	**tener** *haben*	**hacer** *machen*
Singular	1.	**estuve**	**tuve**	**hice**
	2.	**estuviste**	**tuviste**	**hiciste**
	3.	**estuvo**	**tuvo**	**hizo**
Plural	1.	**estuvimos**	**tuvimos**	**hicimos**
	2.	**estuvisteis**	**tuvisteis**	**hicisteis**
	3.	**estuvieron**	**tuvieron**	**hicieron**

		poner *setzen, stellen, legen*	**poder** *können*	**decir** *sagen*
Singular	1.	**puse**	**pude**	**dije**
	2.	**pusiste**	**pudiste**	**dijiste**
	3.	**puso**	**pudo**	**dijo**
Plural	1.	**pusimos**	**pudimos**	**dijimos**
	2.	**pusisteis**	**pudisteis**	**dijisteis**
	3.	**pusieron**	**pudieron**	**dijeron**

Die Verben **estar**, **tener**, **hacer**, **poner(se)**, **decir** und **poder** sind im **pretérito indefinido** unregelmäßig.
Keine der Formen trägt einen Akzent.

! Die Form **hizo** des Verbs **hacer** wird mit **-z-** geschrieben.

Lerne diese **indefinido**-Formen auswendig. Achte dabei auf die korrekte Betonung.

70 Das pretérito indefinido der Verben auf -ir mit Stammvokalwechsel | El pretérito indefinido de los verbos en -ir con cambio de vocal

		dormir *schlafen*	**seguir** *weitergehen*	**pedir** *um etw. bitten*
Singular	1.	dormí	seguí	pedí
	2.	dormiste	seguiste	pediste
	3.	durmió	siguió	pidió
Plural	1.	dormimos	seguimos	pedimos
	2.	dormisteis	seguisteis	pedisteis
	3.	durmieron	siguieron	pidieron

Alle Verben auf **-ir**, die im Präsens ihren Stammvokal wechseln (also z. B. **dormir**, **seguir** und **pedir**), ändern ihren Stammvokal auch im **pretérito indefinido**, und zwar von **-o-** zu **-u-** bzw. von **-e-** zu **-i-**.

¡! Der Stammvokalwechsel betrifft im **pretérito indefinido** nur die 3. Person Singular und Plural.

71 Das angehängte Pronomen beim Infinitiv und gerundio | El infinitivo y el gerundio con pronombre

¿Por qué no **te** pones esta camiseta?
*Warum ziehst du **dir** nicht dieses T-Shirt an?*
¿**Me** llamas mañana?
*Rufst du **mich** morgen an?*

Du weißt schon, dass Reflexiv- und Objektpronomen im Satz vor dem konjugierten Verb stehen können (▶ Nr. 37, 50, 56, 60). Diese Regel ist immer anwendbar.

▶

¿**Nos** puedes ayudar? = ¿Puedes ayudar**nos**?
*Kannst du **uns** helfen?*
Me estoy duchando. = Estoy duchándo**me**.
*Ich dusche **(mich)** gerade.*

In Sätzen mit einem Infinitiv oder **gerundio** (▶ Nr. 60) können die Pronomen alternativ auch an den Infinitiv oder das **gerundio** angehängt werden.

Estamos buscándo**lo**.
*Wir suchen **ihn** gerade.*

¡! Wenn du ein Pronomen an die **gerundio**-Form anhängst, musst du auf der drittletzten Silbe einen Akzent setzen.

72 Das angehängte Pronomen beim Imperativ | El imperativo con pronombre de complemento

Esta quesadilla está superrica. ¡Pruéba**la**!
*Diese Quesadilla ist superlecker. Probiere **sie** (mal)!*
¡Contad**nos** todo!
*Erzählt **uns** alles!*
¡Da**me** el libro!
*Gib **mir** das Buch!*

Beim Imperativ werden direkte (▶ Nr. 56) und indirekte Objektpronomen (▶ Nr. 50) direkt an die Imperativform des Verbs angehängt:
prueba + la → ¡pruébala!
contad + nos → ¡contadnos!
Das kennst du schon von den Reflexivpronomen (▶ Nr. 61).

	direkte Objektpronomen	indirekte Objektpronomen
[tú]	¡Míra**me**! *Sieh **mich** an!*	¡Cómpra**me** el libro! *Kaufe **mir** das Buch!*
	¡Míra**te**! *Sieh **dich** an!*	¡Cómpra**te** el libro! *Kaufe **dir** das Buch!*
	¡Míra**lo/-la**! *Sieh **ihn/sie** an!*	¡Cómpra**le** el libro! *Kaufe **ihm/ihr** das Buch!*
	¡Míra**nos**! *Sieh **uns** an!*	¡Cómpra**nos** el libro! *Kaufe **uns** das Buch!*
	¡Míra**los/-las**! *Sieh **sie** an!*	¡Cómpra**les** el libro! *Kaufe **ihnen** das Buch!*

Im Singular gilt: Wenn die Imperativform (inklusive angehängtes Pronomen) länger als zwei Silben ist, wird die drittletzte Silbe betont. Daher erhält diese Silbe einen Akzent (▶ Reglas de acentuación, p. 55).

	direkte Objektpronomen	indirekte Objektpronomen
[vosotros/-as]	¡Mirad**me**! *Seht **mich** an!*	¡Comprad**me** el libro! *Kauft **mir** das Buch!*
	¡Mirad**lo/-la**! *Seht **ihn/sie** an!*	¡Comprad**le** el libro! *Kauft **ihm/ihr** das Buch!*
	¡Mirad**nos**! *Seht **uns** an!*	¡Comprad**nos** el libro! *Kauft **uns** das Buch!*
	¡Mira**os**! *Seht **euch** an!*	¡Compra**os** el libro! *Kauft **euch** das Buch!*
	¡Mirad**los/-las**! *Seht **sie** an!*	¡Comprad**les** el libro! *Kauft **ihnen** das Buch!*

Im Plural gilt: Wenn du das Pronomen **os** („euch") an den Imperativ anhängst, entfällt das **-d** der Imperativendung:
comprad + os → ¡compraos!
Das kennst du schon vom Imperativ der reflexiven Verben (▶ Nr. 61).
Bei allen anderen Pronomen bleibt das **-d-** der Imperativendung erhalten.

73 Der Begleiter todo/-a | El determinante todo/-a

	maskulin	feminin
Singular	**todo** el día *der **ganze** Tag* **todo** un año *ein **ganzes** Jahr*	**toda** mi clase *meine **ganze** Klasse* **toda** esta semana *diese **ganze** Woche*
Plural	**todos** los días ***jeden** Tag* **todos** mis amigos ***alle** meine Freunde*	**todas** tus amigas ***alle** deine Freundinnen* **todas** estas chicas ***alle** diese Mädchen*

Der Indefinitbegleiter **todo/-a** („ganze/r/-s", „alle") wird wie ein Adjektiv (▶ Nr. 16) an sein Bezugswort angeglichen.
Im Singular hat **todo/-a** die Bedeutung von „ganze/r/-s".
Im Plural bedeutet **todos/-as** „alle" oder „jede/r/-s".

Hoy estoy **todo el** día en el instituto.
*Heute bin ich **den ganzen** Tag in der Schule.*
Rafa va al cine con **todos sus** amigos.
*Rafa geht mit **allen seinen** Freunden ins Kino.*
Todas estas alumnas van a participar en el proyecto.
***Alle diese** Schülerinnen werden am Projekt teilnehmen.*

Auf **todo/-a** folgt in der Regel:
- ein bestimmter (▶ Nr. 2) oder unbestimmter Artikel (▶ Nr. 6),
- ein Possessivbegleiter (▶ Nr. 12, 15) oder
- ein Demonstrativbegleiter (▶ Nr. 53).

Der Begleiter **todo/-a** ähnelt dem Begleiter **tout** im Französischen:
FRA **tous** les jours
SPA **todos** los días

74 Der Begleiter otro/-a | El determinante otro/-a

	maskulin	feminin
Singular	(el) **otro** chico	(la) **otra** chica
Plural	(los) **otros** chicos	(las) **otras** chicas

Auch der Indefinitbegleiter **otro/-a** („andere/r/-s", „noch ein/e") wird wie ein Adjektiv (▶ Nr. 16) an sein Bezugswort angeglichen.

–**Otra** quesadilla, por favor. –¿Esta? –No, **otra**.
*– **Noch eine** Quesadilla, bitte. – Diese hier? – Nein, **eine andere**.*

Je nach Zusammenhang kann **otro/-a** entweder „(ein/e) andere/r/-s" oder „noch ein/e" bedeuten.

¿Ves a esos chicos? Uno es Julio y **el otro** es Rafa.
*Siehst du die Jungs? Der eine ist Julio und **der andere** ist Rafa.*
Tengo Ø **otra** idea.
*Ich habe **eine andere** Idee.*
¿Quieres Ø **otro** zumo?
*Möchtest du **noch einen** Saft?*

Otro/-a steht entweder mit einem bestimmten Artikel (▶ Nr. 2) oder ohne Artikel.

Vor **otro/-a** steht nie ein unbestimmter Artikel (▶ Nr. 6).

Evaluación Unidad 6

Hier kannst du überprüfen, was du in der Unidad 6 gelernt hast. Diese Aufgaben kannst du mithilfe des Webcodes **zepiwa** unter www.cornelsen.de/codes herunterladen und ausfüllen.

1 Los sábados Victoria desayuna con su familia y ellos charlan. Reformula las frases.

Ejemplo: ¿Nos podéis ayudar? ⟷ ¿Podéis ayudarnos?

1. Hoy no me quiero levantar temprano.
2. ¿Qué vamos a regalarles?
3. Nos tienes que decir la verdad.
4. Ya me tengo que ir.
5. Estoy poniéndome la ropa.
6. ¿Ellos están ayudándote?

2 ¿Cómo fue el día de Rafa ayer? Utiliza el pretérito indefinido.

1

Rafa (*dormir*) hasta tarde.

2

Rafa y Julio (*ir*) a Xochimilco. ¡(*Ser*) genial!

3

Su abuela (*hacer*) quesadillas y él (*comer*) muchas.

4

Después (*ver* / él) un poco la tele y (*descansar* / él).

5

Más tarde, Julio y él (*salir*) otra vez.

6

A las diez (*acostarse* / él).

3 Julio le escribe un e-mail a María. Corrige los errores.

Hola, María: ¿que tal el fin de semana? ¿Salí con tus amigos y bailasteis cumbia? Todavía piensa en el verano pasado en Ciudad de México. Me faltan pasar tiempo con ti y bailar cumbia. Ayer pasé todos el día en el polideportivo. Casi todas la tarde juego al pádel porque tengo un partido en dos semana. Soy muy feliz y también un poco nerviosa. Me gustaría hablar contigo por skype. ¿Me llamo? Beso, Julio

4 Tu alumna de intercambio no entiende todo lo que dice tu padre. Formula las frases en español.

1. *Ich habe eine andere Idee.*
2. *Hast du noch eine Frage?*
3. *Wie heißt der andere Junge?*
4. *Wollt ihr noch eine Quesadilla?*
5. *Wo sind die anderen Bücher?*
6. *Wer sind die anderen Mädchen?*

5 Tu madre de intercambio habla con su hija y contigo. Utiliza el imperativo y sustituye la parte subrayada por un pronombre de complemento como en el ejemplo.

Ejemplo: Tienes que preparar la cena. → ¡Prepárala!

1. ¡Tienes que visitar el centro!
2. Comprad un helado para vosotras.
3. ¿Por qué no escucháis a la profesora?
4. Tenéis que hacer los deberes.
5. ¿Por qué no abrís las ventanas?
6. Tienes que probar los insectos.

75 Der Komparativ der Adjektive | El comparativo de los adjetivos

México es **más grande que** Cuba.
*Mexiko ist **größer als** Kuba.*

Um Dinge oder Personen miteinander zu vergleichen, verwendet man den Komparativ.

Colombia y Venezuela son **más grandes que** Alemania.
*Kolumbien und Venezuela sind **größer als** Deutschland.*
El volcán Barú es **menos conocido que** el Popocatépetl.
*Der Vulkan Barú ist **weniger bekannt als** der Popocatépetl.*
Guatemala es **tan pequeña como** Nicaragua.
*Guatemala ist **so klein wie** Nicaragua.*

– Bei Ungleichheit verwendet man:

más **menos**	+ Adjektiv	**que**

– Bei Gleichheit verwendet man:
tan + Adjektiv + **como**

¡! Denke daran, die Adjektive (▶ Nr. 16) an ihr Bezugswort anzugleichen.

Alemania **no** es **tan grande como** Venezuela. =
Alemania es **menos grande que** Venezuela.
*Deutschland ist **nicht so groß wie** Venezuela. =*
*Deutschland ist **weniger groß** als Venezuela.*

Wie im Deutschen verwendet man meistens **no tan** + Adjektiv + **como** („nicht so ... wie") statt **menos** + Adjektiv + **que** („weniger ... als").

Esta canción es **peor que** las otras.
*Dieses Lied ist **schlechter als** die anderen.*
Estas películas son **mejores que** las otras.
*Diese Filme sind **besser als** die anderen.*

Die Steigerungsformen von **bueno/-a** und **malo/-a** sind unregelmäßig:
bueno/-a → **mejor que** („besser als")
malo/-a → **peor que** („schlechter als")

¡! **Mejor** und **peor** sind im Singular unveränderlich. Im Plural haben sie die Endung **-es**

En España hay **tantas** cosas interesantes **como** en México.
*In Spanien gibt es **(genau) so viele** interessante Dinge **wie** in Mexiko.*

Um Vergleiche mit „(genau) so viel/e wie" anzustellen, verwendest du **tanto/-a** + Substantiv + **como**.
Tanto/-a wird in Genus und Numerus an das Bezugswort angepasst.

76 Der relative Superlativ | El superlativo relativo

Según estudios, Costa Rica es **el** país **más feliz** de Latinoamérica.
*Studien zufolge ist Costa Rica **das glücklichste** Land Lateinamerikas.*
La lengua **más hablada** de Latinoamérica es el español.
***Die meistgesprochene** Sprache Lateinamerikas ist Spanisch.*
Para mí, **los** países **más bonitos** son Chile y Argentina.
*Für mich sind **die schönsten** Länder Chile und Argentinien.*
Esa es **la** película **menos interesante** del mundo.
*Das ist **der uninteressanteste** Film der Welt.*

G: Superlativ = die höchste Steigerungsform, z. B. „das größte Land", „der schönste Ort", „die beste Idee" etc.

Der Superlativ wird so gebildet:

el la los las	+ Substantiv	más menos	+ Adjektiv

¡!: Denke daran, dass die Adjektive – auch im Superlativ – hinter ihrem Bezugswort stehen.

Mis **mejores** amigas son Blanca y Victoria.
*Meine **besten** Freundinnen sind Blanca und Victoria.*
Para Max la **peor** experiencia del viaje a México fue comer insectos.
*Für Max war die **schlimmste** Erfahrung auf der Reise nach Mexiko, Insekten zu essen.*

Die Steigerungsformen von **bueno/-a** und **malo/-a** lauten auch im Superlativ **mejor** bzw. **peor**. Sie stehen vor ihrem Bezugswort (▶ Nr. 75).

77 Die Demonstrativbegleiter und -pronomen (aquel) | Los determinantes y los pronombres demonstrativos (aquel)

–¿Te gusta **esta** falda?
*– Gefällt dir **dieser** Rock hier?*
–No, pero **ese** vestido sí.
*– Nein, aber **das** Kleid da drüben schon.*

Du kennst bereits die Demonstrativbegleiter und -pronomen (**este**, **ese**) (▶ Nr. 53).

	maskulin	feminin
Singular	**aquel** (volcán)	**aquella** (montaña)
Plural	**aquellos** (volcanes)	**aquellas** (montañas)

Der Begleiter **aquel** („jene/r/s") wird wie **este** und **ese** in Genus und Numerus an sein Bezugswort angepasst.

¿Ves **aquella** casa al final de la calle? Allí viven mis abuelos.
*Siehst du **das** Haus **da hinten** am Ende der Straße? Da wohnen meine Großeltern.*

Du verwendest den Begleiter **aquel**, um auf weit entfernte Gegenstände oder Objekte zu verweisen.

Pronunciación y ortografía

La pronunciación | Die Aussprache

Las consonantes | Die Konsonanten

[b]	volar, también	[x]	gente, ecologista	[p]	camping, grupo
[β]	saber, a veces	[k]	quiosco, caro	[ɾ]	hora, ¡Mira!
[θ]	cedé, zumo	[l]	fenomenal, lápiz	[r]	perro, correr
[tʃ]	mochila	[ʎ]	bocadillo, llover, ya	[s]	cosa, silla
[d]	desayuno, dinero	[m]	madre, alemán	[t]	tía, estantería
[ð]	moderno, padre	[n]	animal, nadar	[ks]	experiencia, excursión
[f]	familia, fútbol	[ŋ]	naranja, mango	[j]	playa, yo
[g]	Galicia, gafas	[ɲ]	compañero, pequeño	[w]	windsurf
[ɣ]	luego, preguntar				

Las vocales | Die Vokale

[a] avenida
[e] teatro
[i] inteligente
[o] tampoco
[u] lugar

Der Vokal u wird in folgenden Fällen nicht ausgesprochen:
- nach q, z. B. ¿qué?, ¿quién?
- zwischen g und e bzw. i, z. B. guitarra

Los diptongos | Die Diphthonge

[ai] hay
[au] aula
[ei] veinte
[eu] euro
[oi] hoy
[j] bien
[w] agua

Reglas de acentuación | Betonungsregeln

1 Wörter, die auf n, s oder Vokal enden, werden auf der vorletzten Silbe betont:

ma dre
gra tis
lla man
tam **po** co
Manza **na** res

2 Wörter, die auf Konsonant (außer n, s) enden, werden auf der letzten Silbe betont:

pa **red**
ge **nial**
char **lar**
In ter **net**
a ni **mal**

3 Alle Wörter, deren Betonung von diesen Regeln abweicht, haben einen Akzent auf der betonten Silbe:

tam **bién**
in **glés**
a **llí**
Yuca **tán**
fút bol
fá cil
nú me ro

Los números ordinales | die Ordnungszahlen

1°	el primero	1ª	la primera	! el **primer** piso
2°	el segundo	2ª	la segunda	
3°	el tercero	3ª	la tercera	! el **tercer** piso
4°	el cuarto	4ª	la cuarta	
5°	el quinto	5ª	la quinta	
6°	el sexto	6ª	la sexta	
7°	el séptimo	7ª	la séptima	
8°	el octavo	8ª	la octava	
9°	el noveno	9ª	la novena	
10°	el décimo	10ª	la décima	

Los números cardinales | die Kardinalzahlen

0	cero	**20**	veinte	**101**	ciento uno/-a, un
1	uno, una, un	**21**	veintiuno/-a, -ún	**156**	ciento cincuenta y seis
2	dos	**22**	veintidós	**200**	doscientos/-as
3	tres	**23**	veintitrés	**300**	trescientos/-as
4	cuatro	**24**	veinticuatro	**400**	cuatrocientos/-as
5	cinco	**25**	veinticinco	**500**	quinientos/-as
6	seis	**26**	veintiséis	**600**	seiscientos/-as
7	siete	**27**	veintisiete	**700**	setecientos/-as
8	ocho	**28**	veintiocho	**800**	ochocientos/-as
9	nueve	**29**	veintinueve	**900**	novecientos/-as
10	diez	**30**	treinta	**1000**	mil
11	once	**31**	treinta y uno/-a, un	**2000**	dos mil
12	doce	**32**	treinta y dos	**10 000**	diez mil
13	trece	**40**	cuarenta	**100 000**	cien mil
14	catorce	**50**	cincuenta	**200 000**	doscientos/-as mil
15	quince	**60**	sesenta	**500 000**	quinientos/-as mil
16	dieciséis	**70**	setenta	**1 000 000**	un millón
17	diecisiete	**80**	ochenta	**100 000 000**	cien millones
18	dieciocho	**90**	noventa		
19	diecinueve	**100**	cien, ciento		

Los signos de puntuación | Die Satzzeichen

17/07/18

Hola, Ana:

¿Qué tal? Yo genial. Ahora estoy de vacaciones cerca de Madrid.

Hace mucho calor... ¡uf! Me gusta mucho estar aquí porque

hay piscina y muchas actividades ... Paso mucho tiempo con

Javier (de Salamanca) y Mario (de aquí); mañana vamos

a hacer una´excursion al «gran» Museo del Prado.

La última semana vamos a hacer un camping aventura –

¡Imagínate! Genial, ¿no?

Y tú, ¿qué me cuentas? Escríbeme un e-mail, porfa...

Hasta pronto,

Mateo

la barra · la coma · los signos de exclamación · los paréntesis · el acento o la tilde · LA MAYÚSCULA

los dos puntos · la minúscula · el punto · los puntos suspensivos · la tilde · el punto y coma · las comillas · la raya · los signos de interrogación · el guion

Los verbos

Hier findest du die Konjugationen oder Konjugationsmuster aller Verben, die du in *Encuentros hoy 1* gelernt hast.

1 Los verbos auxiliares | Die Hilfsverben

infinitivo	ser	estar	haber	!
presente	**soy** **eres** **es** **somos** **sois** **son**	**estoy** **estás** está estamos estáis **están**	**he** **has** **ha** **hemos** habéis **han**	 hay
imperativo	**sé**, sed	**está**, estad		
gerundio	siendo	estando	(habiendo)	
pretérito indefinido	**fui** **fuiste** **fue** **fuimos** **fuisteis** **fueron**	**estuve** **estuviste** **estuvo** **estuvimos** **estuvisteis** **estuvieron**	**hube** **hubiste** **hubo** **hubimos** **hubisteis** **hubieron**	 hubo

2 Los verbos regulares en -ar/-er/-ir | Die regelmäßigen Verben auf -ar/-er/-ir

infinitivo	hablar	comer	vivir	!
presente	hablo hablas habla habl**amos** habl**áis** hablan	como comes come com**emos** com**éis** comen	vivo vives vive viv**imos** viv**ís** viven	**salir:** salgo, sales, ... **coger:** cojo, coges, ... **traer: traigo**, traes, ... **saber: sé**, sabes, ...
imperativo	habla, habl**ad**	come, com**ed**	vive, viv**id**	**salir:** sal
gerundio	habl**ando**	com**iendo**	viv**iendo**	**leer:** leyendo, **creer:** creyendo
pretérito indefinido	habl**é** habl**aste** habl**ó** habl**amos** habl**asteis** habl**aron**	com**í** com**iste** com**ió** com**imos** com**isteis** com**ieron**	viv**í** viv**iste** viv**ió** viv**imos** viv**isteis** viv**ieron**	-car: **buscar:** bus**qué**, buscaste, ... (*ebenso:* explicar, tocar, sacar, equivocarse, significar) -gar: **llegar:** lle**gué**, llegaste, ... (*ebenso:* jugar) -zar: **empezar:** empe**cé**, empezaste, ... (*ebenso:* cruzar, organizar) **leer:** le**y**ó, le**í**mos, le**y**eron **creer:** cre**y**ó, cre**í**mos, cre**y**eron

3 Los grupos de verbos | die Gruppenverben

3.1 Los verbos con diptongación: e → ie | Diphthongverben: e → ie

infinitivo	**pensar**	**entender**	**preferir**	**!**
presente	pienso piensas piensa pensamos pensáis piensan	entiendo entiendes entiende entendemos entendéis entienden	prefiero prefieres prefiere preferimos preferís prefieren	**tener: tengo**, tienes, ... **venir: vengo**, vienes, ...
imperativo	piensa, pensad	entiende, entended	prefiere, preferid	
gerundio	pensando	entendiendo	prefiriendo	
pretérito indefinido	pensé pensaste pensó pensamos pensasteis pensaron	entendí entendiste entendió entendimos entendisteis entendieron	preferí preferiste prefirió preferimos preferisteis prefirieron	**tener: tuve, tuv**iste, ... **querer: quise, quis**iste, ...
	ebenso: cerrar, empezar, despertarse	*ebenso:* perder, querer		

3.2 Los verbos con diptongación: o → ue | Diphthongverben: o → ue

infinitivo	**contar**	**volver**	**dormir**	**!**
presente	cuento cuentas cuenta contamos contáis cuentan	vuelvo vuelves vuelve volvemos volvéis vuelven	duermo duermes duerme dormimos dormís duermen	**jugar:** juego, juegas, ...
imperativo	cuenta, contad	vuelve, volved	duerme, dormid	
gerundio	contando	volviendo	durmiendo	**poder: pudiendo**
pretérito indefinido	conté contaste contó contamos contasteis contaron	volví volviste volvió volvimos volvisteis volvieron	dormí dormiste durmió dormimos dormisteis durmieron	**jugar:** jugué, jugaste, ... **poder: pude, pud**iste, ...
	ebenso: acostar-se, encontrar, probar, soñar	*ebenso:* poder		

3.3 Los verbos con debilitación vocálica: e → i | Die Verben mit Vokalschwächung: e → i

infinitivo	**seguir**
presente	**sigo** sigues sigue seguimos seguís siguen
imperativo	sigue, seguid
gerundio	siguiendo
pretérito indefinido	seguí seguiste siguió seguimos seguisteis siguieron
	ebenso: pedir, repetir, servir

3.4 Los verbos del tipo c → zc | Die Verben mit der Veränderung c → zc

infinitivo	**conocer**
presente	cono**zc**o conoces conoce conocemos conocéis conocen
imperativo	conoce, conoced
gerundio	conociendo
pretérito indefinido	conocí conociste conoció conocimos conocisteis conocieron

4 Los verbos irregulares | Die unregelmäßigen Verben

infinitivo	**dar**	**decir**	**hacer**	**ir**
presente	**doy** das da damos dais dan	**digo** dices dice decimos decís dicen	**hago** haces hace hacemos hacéis hacen	**voy** **vas** **va** **vamos** **vais** **van**
imperativo	da, dad	**di, decid**	**haz**, haced	**ve**, id
gerundio	dando	**diciendo**	haciendo	**yendo**
pretérito indefinido	**di** **diste** **dio** **dimos** **disteis** **dieron**	**dije** **dij**iste **dijo** **dij**imos **dij**isteis **dijeron**	**hice** **hic**iste **hizo** **hic**imos **hic**isteis **hic**ieron	**fui** **fuiste** **fue** **fuimos** **fuisteis** **fueron**

infinitivo	poner	querer	saber	tener
presente	**pongo** pones pone ponemos ponéis ponen	quiero quieres quiere queremos queréis quieren	**sé** sabes sabe sabemos sabéis saben	**tengo** tienes tiene tenemos tenéis tienen
imperativo	**pon**, poned	quiere, quered	sabe, sabed	**ten**, tened
gerundio	poniendo	queriendo	sabiendo	teniendo
pretérito indefinido	**puse** **pus**iste **puso** **pus**imos **pus**isteis **pus**ieron	**quise** **quis**iste **quiso** **quis**imos **quis**isteis **quis**ieron	**supe** **sup**iste **supo** **sup**imos **sup**isteis **sup**ieron	**tuve** **tuv**iste **tuvo** **tuv**imos **tuv**isteis **tuv**ieron

infinitivo	traer	venir	ver
presente	**traigo** traes trae traemos traéis traen	**vengo** vienes viene venimos venís vienen	**veo** ves ve vemos **veis** ven
imperativo	trae, traed	**ven**, venid	ve, ved
gerundio	**trayendo**	viniendo	viendo
pretérito indefinido	**traje** **traj**iste **trajo** **traj**imos **traj**isteis **trajeron**	**vine** **vin**iste **vino** **vin**imos **vin**isteis **vin**ieron	**vi** **viste** **vio** **vimos** **visteis** **vieron**

! Diese Verben sind in der 1. Person Singular unregelmäßig:
decir → **digo**
hacer → **hago**
poner → **pongo**
salir → **salgo**
seguir → **sigo**
tener → **tengo**
traer → **traigo**
venir → **vengo**

Términos gramaticales

spanisch	deutsch	Beispiel
el adjetivo	das Adjektiv	**bueno, malo, diferente**
el adverbio	das Adverb	**antes, prácticamente, después, aquí**
el artículo determinado	der bestimmte Artikel	**el** chico, **la** silla
el artículo indeterminado	der unbestimmte Artikel	**un** momento, **una** ciudad
el comparativo	der Komparativ	Mateo es **más alto que** Ana.
la conjunción	die Konjunktion	**y, o, porque**
la consonante	der Konsonant	**b, c, h**
el determinante demostrativo	der Demonstrativbegleiter	**este** libro, **esas** hermanas
el determinante indefinido	der indefinite Begleiter	**muchos** edificios, **poca** gente
el determinante posesivo	der Possessivbegleiter	**mi** falda, **nuestro** blog
el estilo indirecto	die indirekte Rede	**Nico dice que está triste.**
el futuro inmediato	das unmittelbare Futur	**Voy a bailar.**
el género (masculino/-a, femenino/-a)	das Geschlecht (männl., weibl.)	**el** huevo (masculino), **la** gorra (femenino)
el gerundio	das Gerundium	**cantando, escribiendo**
el imperativo	der Imperativ	**¡ven!, ¡despiértate!**
el indicativo	der Indikativ	**hablo, dices, saben**
el infinitivo	der Infinitiv	**hablar, decir, saber**
la negación	die Verneinung	**No** hablo francés.
el número (el singular, el plural)	der Numerus (Einzahl, Mehrzahl)	**el** río (singular), **las** catarat**as** (plural)
la oración relativa	der Relativsatz	El cómic **que lees** es divertido.
la persona	die Person	[tú] prepar**as** (segunda persona singular)
la preposición	die Präposition	**en, a, por, delante de, para**
el presente	das Präsens	**creo, habla, escribís**
el pretérito indefinido	das Pretérito Indefinido	**canté, tuvimos, dijeron**
el pronombre de complemento directo	das direkte Objektpronomen	**me, te, lo, la, nos, os, los, las**
el pronombre de complemento indirecto	das indirekte Objektpronomen	**me, te, le, nos, os, les**
el pronombre demostrativo	das Demonstrativpronomen	**este** es..., **esos** son...
el pronombre interrogativo	das Fragewort	**¿dónde?, ¿qué?, ¿cómo?**
el pronombre personal sujeto	das Subjektpronomen	**yo, tú, él, ella, ...**
el pronombre relativo	das Relativpronomen	**que**
el superlativo	der Superlativ	El Prado es **el** museo **más importante**.
el sustantivo	das Substantiv	Me gustan **las novelas**.
el verbo	das Verb	Carlos **escucha** música.
el verbo auxiliar	das Hilfsverb	**ser, estar, haber**
el verbo modal	das Modalverb	**poder** hablar, **tener que** irse
el verbo reflexivo	das reflexive Verb	**despertarse, ducharse**
la vocal	der Vokal	**a, e, i, o, u**

Index

Hier findest du alle Themen aus diesem Grammatikheft in alphabetischer Reihenfolge mit Seitenzahl.